STEFAN ZWEIG

SATRANÇ

Can Modern

Satranç, Stefan Zweig
Almanca aslından çeviren: Ayça Sabuncuoğlu
Schachnovelle

1. basım: 1997
73. basım: Mayıs 2026, İstanbul
Bu kitabın 73. baskısı 3 000 adet yapılmıştır.

Dizi editörü: Şirin Etik
Editör: Şebnem Sunar

Kapak tasarımı: Utku Lomlu / Lom Creative (www.lom.com.tr)

Baskı ve cilt: MY Matbaacılık Sanayi ve Ticaret Limited Şti.
Maltepe Mah. Yılanlı Ayazma Sokak. No:8 Kat:2
Zeytinburnu, İstanbul
Sertifika No: 47939

ISBN 978-975-07-2570-8

CAN SANAT YAYINLARI
YAPIM VE DAĞITIM TİCARET VE SANAYİ A.Ş.
Maslak Mah. Eski Büyükdere Cad. İz Plaza Giz, No: 9/25, Sarıyer / İstanbul
Telefon: (0212) 252 56 75 / 252 59 88 / 252 59 89 Faks: (0212) 252 72 33
canyayinlari.com
yayinevi@canyayinlari.com
Sertifika No: 43514

STEFAN ZWEIG

SATRANÇ

UZUN ÖYKÜ

Almanca aslından çeviren

Ayça Sabuncuoğlu

♥can

Stefan Zweig'ın Can Yayınları'ndaki diğer kitapları:

Dünün Dünyası, 1985
Amok Koşucusu, 1990
Yarının Tarihi, 1991
Lyon'da Düğün, 1992
İnsanlığın Yıldızının Parladığı Anlar, 1995
Günlükler, 1997
Değişim Rüzgârı, 1998
Amerigo, 2005
Marie Antoinette, 2006
Sabırsız Yürek, 2006
Joseph Fouché, 2007
Rotterdamlı Erasmus, 2008
Balzac, 2009
Macellan, 2010
Hayatın Mucizeleri, 2011
Montaigne, 2012
Vicdan Zorbalığa Karşı ya da Castellio Calvin'e, 2014
Üç Usta: Balzac, Dickens, Dostoyevski, 2015
Mary Stuart, 2016
Şeytanla Savaş: Hölderlin, Kleist, Nietzsche, 2017
Kendi Hayatını Yazan Üç Yatar: Casanova, Stendhal, Tolstoy, 2017
Bilinmeyen Bir Kadının Mektubu - Bir Kadının Hayatından 24 Saat, 2017
O muydu?, 2018
Bir Kalbin Çöküşü, 2018
Olağanüstü Bir Gece, 2019
Émile Verhaeren: Modern Bir Şairin Portresi, 2019
Karmaşık Duygular, 2020
Brezilya, 2020
Rahel Tanrı'yla Hesaplaşıyor, 2020
Gömülü Şamdan, 2020
Korku, 2024
Ay Işığı Sokağı, 2024

STEFAN ZWEIG, 1881'de Viyana'da doğdu. Avusturya, Fransa ve Almanya'da öğrenim gördü. Savaş karşıtı kişiliğiyle dikkat çekti. 1919-1934 yılları arasında Salzburg'da yaşadı, Nazilerin baskısı yüzünden Salzburg'u terk etmek zorunda kaldı. 1938'de İngiltere'ye, 1939'da New York'a gitti, birkaç ay sonra da Brezilya'ya yerleşti. Önceleri Verlaine, Baudelaire ve Verhaeren çevirileriyle tanındı, ilk şiirlerini ise 1901'de yayımladı. Çok sayıda deneme, öykü, uzun öykünün yanı sıra büyük bir ustalıkla kaleme aldığı yaşamöyküleriyle de ünlüdür. Psikolojiye ve Freud'un öğretisine duyduğu yoğun ilgi, Zweig'ın derin karakter incelemelerinde ifade bulur. Özellikle tarihsel karakterler üzerine yazdığı yorumlar ve yaşamöyküleri, psikolojik çözümlemeler bakımından son derece zengindir. Zweig, Avrupa'nın içine düştüğü siyasi duruma dayanamayarak 1942'de Brezilya'da karısıyla birlikte intihar etti.

AYÇA SABUNCUOĞLU, 1972'de İstanbul'da doğdu. Avusturya Lisesi'ni ve Boğaziçi Üniversitesi İngiliz Dili ve Edebiyatı Bölümü'nü bitirdi. Almanca ve İngilizceden çeviriler yapıyor. Kitaplarını çevirdiği yazarlar arasında Raymond Carver, Stefan Zweig, Heinrich Böll, Franz Kafka, Joseph Conrad, Uwe Timm, Martin Walser ve Daniel Kehlmann var.

Satranç tahtasında bir Avrupalı

Satranç bugüne kadar başka herhangi bir oyundan çok daha fazla ilgi çeken ve hakkında pek çok şey yazılan tek oyun olsa gerektir. Bu konudaki ilk yapıtların XI. ya da XII. yüzyıla dayanan ve satranca ilişkin problemlerin açıklandığı elyazmaları olduğu sanılmaktadır. Bu tarihten günümüze kadar satranca ilişkin literatür, problem açıklamaları ya da problem derlemeleriyle sınırlı değildir. Edebiyatın da ilgi alanına giren bir motiftir satranç, bu açıdan ele alındığında, pek çok ünlü yazarın yapıtının da konusudur. Sözgelimi Gustav Meyrink'in *Golem*'i, Elias Canetti'nin *Körleşme*'si, Samuel Beckett'in *Murphy*'si, Vladimir Nabokov'un *Lujin Savunması* ve hiç kuşkusuz, Stefan Zweig'ın *Satranç*'ı bunlardan yalnızca birkaçıdır.

Bununla birlikte biraz daha yakından bakıldığında, Zweig'ın 1938-1941 arasında, sürgün yaşamındaki son durağı Brezilya'da yazdığı ve 1942'de Buenos Aires'te yayımladığı *Satranç*, simgeselliği ve çok boyutluluğuyla bunların arasından kendiliğinden sıyrılır. Her şeyden önce bir son yapıttır *Satranç*, Zweig'ın edebiyata ama aynı zamanda yaşama bir vedasıdır, eşi Lotte'yle birlikte 1942 yılının 22 Şubat günü intihar etmeden önce, tamamladığı son yapıttır.

Yapıt, gerilim düzeyi gittikçe artan yapısıyla bile bir dram olma özelliğini taşır. Bu gerilim, yazarın ustası olduğu yazınsal bir tür olarak uzun öykünün en önemli niteliğini yansıtsa da, *Satranç* söz konusu olduğunda, aslında kaynağını bambaşka bir yerde bulur ve Nazi döneminde Zweig'ın politik tavrı hakkında biraz da alelacele varılan bir karara karşı yazarın duruşunu yansıtır. Bu tepki, özellikle de sürgündeki çağdaşları tarafından Nazi rejimine karşı net bir politik tavır almamakla, hatta kimilerince işbirlikçi olmakla suçlanan Stefan Zweig'ın yapıtlarında da sık sık karşımıza çıkan, şeylere ve olaylara mesafeyle yaklaşan gözlem alışkanlığından ileri gelir. Gerçekten de gözle görülür, eylemlilikle ölçülebilir bir direniş değildir Zweig'ın direnişi, daha çok örtük bir direniş olarak tanımlanabilir. Dolayısıyla Zweig'ın duruşu aslında birbirine karşıt iki kutup arasında yer alır: Bir yanda yalnızca Almanya'da değil, dünyanın dört bir yanında kitlesel kıyımlarıyla Nazi rejimi yer alırken, öte yanda sürgünde var olabilmeye ilişkin korku ve kuşkular vardır.

Büyük bir uçurumdur bu ve belki de Zweig'ın yaşamını ve yapıtlarını belirleyen tam olarak budur. 1900'lü yılların başından itibaren Avrupa'nın her köşesine yaptığı seyahatlerin yanı sıra Rainer Maria Rilke, August Rodin, Romain Rolland, Paul Verlaine ve daha pek çoklarıyla kurduğu dostluklar, Zweig'ın Avrupalılık bilincini geliştiren en temel unsurlar olmuştur. Bununla birlikte Birinci Dünya Savaşı öncesinde bütün Avrupa'nın geleceğini belirleyen gerilim, Zweig'ın varoluşunda da kendine yer bulur: Zweig bir yanıyla vatansever bir tutum içindedir bu dönemde. Bir yandan vatansever duyguların ağır bastığı yazılar yazarken ve daha savaş patlak verir vermez, Savaş Bakanlığı'nda çalışmak için gönüllü olurken, özel yaşamında çok daha farklı bir tutum sergilemekte, ulusal coşkuyla hareket etmenin yarattığı kuşkularını dile getirmektedir. Bu kuşkular en çok dostlarına, özellikle de pasifist eğilimlerinde büyük rol oynayan Romain Rolland'a yazdığı mektuplarda ortaya çıkar. Bu yanıyla, Birinci Dünya Savaşı yılları Stefan Zweig'ın politik ve kişisel olarak nasıl tavır alacağı konusunda kararsız kaldığı yıllardır. Savaş karşıtı ve pasifist olarak nitelendirilebilecek *Jeremias*'ı yazarken, Savaş Bakanlığı'nın arşivinde gizli belgeleri elden geçirip düzenlemektedir Zweig. Deyiş yerindeyse her iki tarafa da adamıştır kendini; vatanseverlik ile pasifizm arasında gidip gelen taraflardır bunlar. Savaş yılları boyunca Zweig'ın net bir tavır takındığı tek bir şey vardır, o da Yahudilik meselesidir. İnanç konularında katı bir eğitim almamış olmasına ve o dönemlerde özellikle revaçta olan Siyonist eğilimleri daha en başından reddetmesine rağmen, Martin

Buber'e yazdığı mektuplar, son kertede onun Yahudi cemaatine aidiyetinin birer göstergesi olarak değerlendirilebilir.

Oysa savaşın sonu bu durumu değiştirecektir: "Bir nefretin çift taraflı ağırlığıyla yere serilmiş durumdayım... Savaşa neden olan Almanya'ya duyduğum nefret ve savaşın galibi olan Avusturya'daki Yahudilere duyduğum nefret," diye yazar Aralık 1918'de Romain Rolland'a ve hemen ardından şöyle devam eder:

> Benim gibi insanları yok edecekler, yaşamak için birazcık hava bile bırakmayacaklar. Peki nereye kaçmalı? Dünya bize kapılarını kapatacak, bense yabancı ve düşman olarak hor görüleceğim bir devletin tutsaklığında yaşamayı istemiyorum.[1]

Bu öngörüsü doğru çıkacaktır. Bundan böyle Zweig, Hitler'in başa geçtiği 1933'e kadar düşünsel birliktelikte buluşan bir Avrupa ruhuna ilişkin konferanslarıyla uluslararası angajman yaratmaya çalışacaktır. 1933 yılının, 27 Şubat'ı 28 Şubat'a bağlayan gecesi Reichstag yangınından kısa bir süre sonra konuştuğu yayıncısına, kitaplarının artık Almanya'da yayımlanabileceğinden kuşku duyduğunu söyler. "Sizin kitaplarınızı kim yasaklayabilir ki?" olur aldığı yanıt, ne de olsa Almanya aleyhinde tek bir kelime bile yazmamış, politik sayılabilecek hiçbir davranışta bulunmamıştır.[2] Oysa kitapları, bundan yalnızca birkaç ay sonra, 10 Mayıs 1933 tarihinde yakılanlar arasında yer alacaktır. Yine de bu tarihte bile Zweig'ın tutumu ikirciklidir, dostları çoktan ülkeyi terk etmiş olsa da, o gitmek ve kalmak arasında tereddüt etmekte, hiç değilse olabildiğince uzun süre kalmak istemektedir: Böylece tercihini önce kalmaktan, sonra da mecburen gitmekten yana kullanır.

Zweig'ın vedası *Satranç* işte böyle bir gerilimden beslenir. Sözün bittiği yerdir *Satranç*: Üstelik yalnızca Zweig için değil, yüzyıllardır kurduğu ve koruduğu değerleriyle bütün bir

1. Romain Rolland'a mektup, Aralık 1918; alıntı için bkz. "*Stefan Zweig. Leben und Werk*", *Stefan Zweig. Ein Journal des S.* Fischer Verlags und des Fischer Taschenbuch Verlags, s. 5. (Y.N.)

2. Karş. "Incipit Hitler", *Die Welt von Gestern / Erinnerungen eines Europäers*, Frankfurt am Main 1992, s. 415. (Y.N.)

Avrupa için de bu böyledir. Satranç oyunu çerçevesinde birbiriyle asla uzlaşmayacak toplumsal değerleri, karşıt iki karakter Mirko Czentovic ile Dr. B. aracılığıyla çökmekte olan bir dünyanın içine yerleştiren yapıt, kendi simgeselliği içinde, Avrupa kültürünün ve Avrupalılığın çöküşü olarak da yorumlanabilir. Böyle bakınca gerek yapıta adını veren satranç oyununun gerek Mirko Czentovic ile Dr. B. örneğinde figürlerin diziliminin karşıt politik sistemleri temsil ettiği söylenebilir. Satranç şampiyonu Czentovic ilkelliğiyle "küçük bir Hitler" modeli çizerken, gerek Gestapo gözetiminde bir otel odasına kapatıldığında gerek Czentovic karşısında bile, aslında hep kendine karşı oynayan ve "siyah olan ben ve beyaz olan ben" olarak kişiliği ikiye bölünen Dr. B. de yok olmaya mahkûm edilen bir dünyayı simgeler. Böyle bakınca, Dr. B. insancıl ve özgür bir yaşam biçimini temsil eden dünya görüşüyle, hiç kuşkusuz Zweig'ın kendini yansıttığı bir figürdür. Bu bakımdan *Satranç,* Stefan Zweig'ın şiddetin egemenliğine karşı koyamayan ve mat edilen özgürlüğü son bir kez daha ele aldığı yapıttır.

ŞEBNEM SUNAR

Gece yarısı New York'tan kalkıp Buenos Aires'e gidecek olan büyük yolcu vapurunda, son saatin alışılmış telaşı ve koşuşturması yaşanıyordu. Karadakiler arkadaşlarını geçirmek için itişip kakışıyor, eğik kasketli telgrafçı çocuklar birtakım adlar bağırarak yolcu salonlarında oradan oraya koşturuyor, bavullar ve çiçekler sürüklenerek vapura yükleniyor, orkestra güvertede durup dinlenmeden çalarken çocuklar merdivenlerde merakla bir aşağı bir yukarı koşuşuyorlardı. Bu kargaşanın biraz ötesinde, gezinti güvertesinde bir tanıdıkla laflıyordum ki, yanı başımızda iki ya da üç kez keskin bir flaş patladı; tam kalkıştan önce gazeteciler ünlü birini soru yağmuruna tutuyor ve fotoğraflarını çekiyordu anlaşılan. Arkadaşım o tarafa bakıp gülümsedi. "Ender bulunan bir kuş düşmüş ağlarına, Czentovic." Bu açıklamanın üzerine ona anlamaz gözlerle bakmış olmalıyım ki, ekledi: "Mirko Czentovic, dünya satranç şampiyonu. Turnuva oyunlarıyla doğudan batıya bütün Amerika'yı bucak bucak dolaştı, şimdi de yeni zaferler kazanmak için Arjantin'e gidiyor."

Bu genç dünya şampiyonunu ve hatta ışık hızıyla yükselmesiyle ilgili bazı ayrıntıları bile anımsadım o an; benden daha dikkatli bir gazete okuyucusu olan arkadaşım, bu ayrıntıları tamamlayan bir sürü gülünç hikâye biliyordu adamla ilgili. Bir yıl kadar önce beklenmedik bir çıkış yapan Czentovic'in adı Alehin, Capablanca, Tartakower, Lasker, Bogolyabov gibi en saygın ustalarla birlikte anılır olmuştu. 1922'de New York'taki satranç turnuvasında ortaya çıkan yedi yaşındaki mucize çocuk Rzecewski'den bu yana, adı sanı duyulmamış birinin anlı şanlı satranç loncasına girişi hiç bu kadar geniş yankı uyandırmamıştı. Çünkü Czentovic'in zihinsel özellikleri, böyle göz kamaştırıcı bir yükselmenin ipuçlarını kesinlikle vermemişti. Çok geçmeden bir söylenti yayıldı, bu satranç şampiyonu özel yaşamında herhangi bir konuşma sırasında bir tümceyi dilbilgisi yanlışı olmadan kuramıyordu ve kızgın meslektaşlarından birinin öfkeli bir alayla söylediğine göre, "her alanda evrensel bir kültürsüzlük içindeydi." Yoksul bir Slav Tuna gemicisi olan babasının ufacık kayığını bir gece bir tahıl gemisi ezdi, o sapa bölgenin papazı da o zamanlar on iki yaşında olan Mirko'ya acıyıp babasının ölümünden sonra onun bakımını üstlendi. İyi yürekli papaz canla başla uğraşıp ağzını bıçak açmayan, anlama güçlüğü çeken çocuğa köy okulunda öğrenemediği şeyleri evde özel dersler vererek öğretip açığını kapatmaya çalıştı.

Ama çabaları sonuçsuz kaldı. Mirko, kendisine yüz kez anlatılan harflere hâlâ boş boş bakıyordu; ağır işleyen beyninde, en basit ders konularıyla bile uğraşacak güç yoktu. On dört yaşındayken bile, hesap yapması gerektiğinde parmaklarından yardım alıyordu ve bir kitap ya da gazete okumak, yetişme çağındaki bu çocuk için daha da çok çaba gerektiriyordu. Bu konuda Mirko'nun isteksiz ya da dik kafalı olduğu kesinlikle söylenemezdi. Ondan rica edilenleri karşı çıkmadan yapıyordu, su getiriyor, odun kırıyor, tarlada çalışıyor, mutfağı temizliyor ve insanları çileden çıkaran bir yavaşlıkla da olsa, verilen her görevi yerine getiriyordu, güvenilir bir çocuktu. Ama bu tuhaf oğlanda iyi yürekli papazın canını en çok sıkan şey, ilgisizliğiydi. Özel bir çağrı almadan hiçbir şey yapmazdı, hiçbir zaman soru sormazdı, başka oğlanlarla oynamaz ve bir şey ona açık bir dille buyurulmadığı sürece kendiliğinden bir uğraş aramazdı; Mirko ev işlerini bitirir bitirmez, çayırdaki koyunlar gibi boş boş bakarak odada kıpırdamadan oturur, çevresinde olanlara en ufak bir ilgi bile göstermezdi. Papaz akşamları uzun çiftçi piposunu tüttürerek, her zamanki gibi jandarma çavuşuyla üç el satranç oynarken, sarı kafalı oğlan hiç ses çıkarmadan yanlarına çömelir ve ağırlaşmış gözkapaklarının altından, uyku akan ve kayıtsız gözlerle kareli tahtaya bakardı.

Bir kış akşamı, iki kafadar günlük oyunlarına dalmışken, köyün anayolundan bu yana hızla yaklaşan bir kızağın küçük çanları duyuldu. Kasketi karla kaplı bir çiftçi telaşla içeri daldı, yaşlı annesi ölüm döşeğindeymiş, papaz da ona son ayinini yapmak için hemen gelmeliymiş. Papaz hiç duraksamadan onu izledi. Birasını daha bitirmemiş olan jandarma çavuşu, onları uğurlarken yeni bir pipo yaktı ve uzun konçlu, ağır çizmelerini giymeye hazırlanırken, Mirko'nun bakışlarının oyuna başlanmış satranç tahtasına nasıl dikildiğini ayrımsadı.

"Ne o, oyunu tamamlamak mı istiyorsun?" dedi alaycı bir sesle, uykulu çocuğun tahtadaki tek bir taşı bile doğru oynamayı beceremeyeceğinden son derece emindi. Oğlan çekinerek ona baktı, sonra başını salladı ve papazın yerine oturdu. On dört hamleden sonra jandarma çavuşu mat olmuştu ve yenilgisinin yanlışlıkla yaptığı dikkatsiz bir hamleden kaynaklanmadığını itiraf etmek zorunda kaldı. İkinci el de birinciden farklı olmadı.

"Vay canına!" diye şaşkınlıkla bağırdı papaz geri döndüğünde, iki bin yıl önce benzer bir mucizenin gerçekleştiğini, bir dilsizin birdenbire bilgelik dilini bulduğunu anlattı pek İncil okumayan jandarma çavuşuna. İlerlemiş saate karşın papaz, okuma yazma bilmeyen öğrencisine iki el oyun için meydan okumaktan kendini alamadı. Mirko onu da rahatlıkla yendi. Ağır ağır, düşünüp taşınarak kararlı bir biçimde oynuyordu, geniş alnını tahtadan bir kez bile kaldırmadı. Ama karşı konulmaz bir kesinlik vardı oyununda; ileriki günlerde ne jandarma çavuşu ne de papaz ona karşı bir el kazanmayı başardılar. Öğrencisinin normalde yaşadığı zekâ geriliğini herkesten daha iyi bilecek durumda olan papaz, bu tek yanlı tuhaf yeteneğin daha çetin bir sınava ne kadar dayanabileceğini ciddi olarak merak etmeye başladı. Mirko'ya biraz olsun çekidüzen vermek için, saman sarısı fırça gibi saçlarını köy berberinde kestirdikten sonra, kızağına bindirip küçük komşu kente götürdü onu, ana meydandaki kafenin bir köşesinde tutkulu satranç oyuncularının toplandığını biliyordu, kendisi onlar kadar deneyimli değildi. Papaz, üzerine koyun kürkü, ayaklarına uzun konçlu çizmeler giymiş on beş yaşındaki saman sarısı saçlı, kırmızı yanaklı oğlanı kafeden içeri iterek soktuğunda, oturan toplulukta en ufak bir şaşkınlık bile uyanmadı; çocuk satranç masalarından birine çağrılana kadar, ürkek ürkek yere bakarak bir köşede dikildi. Mirko, iyi yürekli papazdan Sicilya açılışı denen şeyi öğrenmediği için, ilk elde yenildi. İkinci elde en iyi oyuncuyla berabere kaldı. Üçüncü ve dördüncü elden başlayarak hepsini birer birer yendi.

Küçük bir Slav taşra kentinde heyecan uyandıran şeyler çok ender olur; bu nedenle bu köylü şampiyonun ortaya çıkışı orada toplanmış ileri gelenlerin gözünde hemen bir sansasyona dönüştü. Mucize çocuğun ertesi güne kadar kesinlikle kentte kalması gerektiğine oybirliğiyle karar verildi, böylece satranç kulübünün öteki üyeleri bir araya toplanabilecekti ve özellikle hasta bir satranç tutkunu olan yaşlı Kont Simczic'in şatosuna haber ulaştırılabilecekti. Yepyeni bir övünçle öğrencisine bakan, ama onun bu yeteneğini keşfetmekten duyduğu sevince karşın, görevi gereği yönetmesi beklenen pazar ayinini kaçırmak istemeyen papaz, yeni bir deneme için Mirko'yu orada bırakabileceğini söyledi. Genç Czentovic satranç topluluğunun hesabına otele yerleştirildi ve o akşam ilk kez bir klozet gördü. Ertesi pazar günü öğleden sonra satranç salonu tıklım tıklım doluydu. Dört saat kıpırdamadan satranç tahtasının önünde oturan Mirko, tek sözcük etmeden ve başını bile kaldırmadan oyuncuları birbiri ardına yendi; en sonunda eşzamanlı bir oyun oynanması önerildi. Eşzamanlı bir oyunda, tek başına farklı oyuncularla karşılaşması gerektiğini bu cahilin kafasına sokabilmek biraz zaman aldı. Ama Mirko bu göreneği kavrar kavramaz çabucak işe koyuldu, ağır, gıcırdayan ayakkabılarıyla yavaşça masa masa dolaştı ve en sonunda sekiz elden yedisini kazandı.

Böylece büyük tartışmalar başladı. Bu yeni şampiyon gerçek anlamda kentli olmamasına karşın, kentin yerel övüncü birden alevlendi. Harita üzerindeki varlığını şimdiye dek pek kimsenin ayrımsamadığı küçük kent, belki de ilk kez ünlü bir adamı dünyaya kazandırma onuruna ulaşabilecekti. Normalde yalnızca garnizon kabaresi için şantözler ve kadın şarkıcılar ayarlayan Koller adında bir menajer, bir yıllık parasal yardım sağlanırsa, Viyana'da tanıdığı büyük bir ustanın genç adama satranç sanatını öğretmesini sağlayabileceğini söyledi. Her gün satranç oynadığı altmış yıl boyunca bu kadar kayda değer bir rakiple hiç karşılaşmamış olan Kont Simczic, gerekli parayı hemen karşıladı. O gün gemici oğlunun şaşırtıcı yükselişi başladı.

Altı ay içinde Mirko satranç tekniğinin bütün sırlarını kavradı, bununla birlikte sonraları uzman çevrelerde çokça gözlenen ve alay edilen tuhaf bir yetersizliği vardı. Şöyle ki, Czentovic tek bir satranç oyununu bile ezbere – ya da uzmanların dediği gibi "körleme"[1] oynamayı bir türlü beceremiyordu. Savaş meydanını imgelemin sınırsız alanına yerleştirme yeteneğinden tümüyle yoksundu. Altmış dört kareli ve otuz iki taşlı siyah beyaz tahta her zaman elle dokunulur biçimde önünde olmalıydı; ünü dünyaya yayıldıktan sonra bile, katlanabilir bir cep satranç tahtasını yanından hiç ayırmadı, böylece usta işi bir oyunun tekrar üzerinden geçmek ya da kendi kendine güç bir durumu çözmek istediği zaman, konumu gözlerinin önünde oluşturabiliyordu. Bu önemsiz gibi görünen eksiklik, onun hayal gücünün yetersiz olduğunu gösteriyordu ve yakın çevrelerde ateşli tartışmalara yol açıyordu; tıpkı müzisyenler arasındaki olağanüstü bir virtüözün ya da şefin, notalara bakmadan çalmayı ya da orkestrayı yönetmeyi becerememesi gibi. Ama bu tuhaf özellik, Mirko'nun şaşırtıcı yükselişini kesinlikle yavaşlatmadı. Daha on yedi yaşındayken bir düzine satranç ödülü kazanmıştı bile, on sekizinde Macaristan şampiyonu oldu, en sonunda yirmisinde dünya şampiyonluğunu ele geçirdi. Zekâ düzeyi, hayal gücü ve ataklık açısından her biri ondan kat kat üstün olan en soğukkanlı şampiyonlar bile, onun kaya gibi dayanıklı aklı karşısında pes ediyorlardı, tıpkı hantal Kutusow karşısındaki Napoléon ve Fabius Cunctator karşısındaki Hannibal gibi; Livius'un yazdığına göre, Fabius çocukluğunda da buna benzer dikkat çekici hantallık ve zekâ geriliği belirtileri göstermiş. Böylece akıl yönünden üstün birbirinden değişik insanları –filozofları, matematikçileri, hesap yapan, imgelemini kullanan ve çoğunlukla yaratıcı olan

1. Satranç notasyonu yardımıyla, satranç takımı olmaksızın zihinden satranç oynamak. (Ç.N.)

kişileri– bir araya toplayan satranç ustaları galerisine, ilk kez tinsel dünyanın tümüyle dışındaki biri girdi, en yırtık gazetecinin bile ağzından kamuoyuna ilginç gelebilecek tek sözcük almayı başaramadığı ağır kanlı, ağzını bıçak açmayan bir köylü çocuğu... Czentovic gazetelerden esirgediği süslü cümleleri, kendisiyle ilgili anekdotlar doğmasına meydan vererek kısa zamanda bol bol telafi etti. Çünkü tartışmasız usta olduğu satranç tahtasının başından kalktığı an, korunmasız Czentovic tuhaf ve neredeyse gülünç bir görünüme bürünüyordu; bayramlık siyah takım elbisesine, biraz küstah bir inci iğne iliştirilmiş albenili boyunbağına ve özenle bakımı yapılmış parmaklarına karşın, devinimleri ve tavırlarıyla köyde papazın odasını süpüren aynı özürlü köylü çocuğuydu. Uzman meslektaşlarının alaylı ve kızgın bakışları altında yeteneğini ve ününü akılsızca ve hiç utanmadan kabalıkla kullanıp dar görüşlü ve hatta bayağı bir açgözlülükle, kazanabildiği kadar para kazanmaya çalışıyordu. Hep en ucuz otellerde kalarak kent kent dolaşıyordu, ücreti karşılandığı sürece en döküntü kulüplerde bile oynuyordu, sabun reklamlarında resmini kullandırtıyordu ve hatta üç tümceyi doğru yazmayı beceremediğini çok iyi bilen rakiplerinin alaylarına aldırmadan, adını "Satranç Felsefesi" adlı bir kitap için sattı, gerçekte bu kitabı kendi halinde Galiçyalı bir öğrenci paragöz yayıncılar için yazmıştı. Bütün yontulmamış varlıklarda olduğu gibi onda da gülünç bir kendini beğenmişlik vardı; dünya turnuvasındaki zaferinden beri kendini dünyanın en önemli adamı olarak görüyordu ve bütün bu zeki, akıllı, göz kamaştırıcı konuşmacıları ve yazarları kendi alanlarında yenmiş olduğunu, üstelik onlardan daha çok kazandığını bilmek, onun o eski güvensizliğini soğuk ve çoğunlukla kabalıkla gözler önüne serilen bir gurura dönüştürdü.

Arkadaşım bana Czentovic'in çocuksu kendini beğenmişliğinden birkaç klasik örnek verdikten sonra, "Ama böyle hızla gelen bir ün, böyle boş bir kafayı nasıl sersemletmez ki?" diye bağladı sözü. "Yirmi bir yaşındaki Banatlı bir köylü çocuğu, birdenbire bir tahta üzerinde birkaç taşı oynatmakla, bütün köyünün odun keserek ve en ağır işleri yaparak bir yılda kazandığından daha fazlasını bir haftada kazanırsa, kendini beğenmişlik hastalığına nasıl kapılmaz? İşte o zaman bir Rembrandt, bir Beethoven, bir Dante, bir Napoléon hakkında en ufak fikri olmayan birinin, kendini büyük bir insan sanması aslında o kadar kolaydır ki. Bu çocuk duvarlarla çevrilmiş beyninin içinde yalnızca tek bir şeyi biliyor, aylardır tek bir satranç oyununu kaybetmediğini; ve dünyamızda satranç ve para dışında başka değerler de bulunduğundan haberi olmamasından ötürü, kendisinden etkilenmesi için her türlü nedeni var."

Arkadaşımın bu anlattıkları, özel merakımı uyandırdı. Sabitfikirli, kafasını tek bir düşünceye takmış her türlü insan, yaşamım boyunca beni çekmiştir, çünkü bir insan kendini ne kadar sınırlarsa, öte yandan sonsuza o kadar yakın olur; işte böyle görünüşte dünyadan kopuk yaşayanlar, özel yapıları içinde karınca gibi, dünyanın tuhaf ve eşi benzeri olmayan bir maketini kurarlar. Böylece aklı tek bir şeye çalışan bu özel örneği, Rio'ya kadarki on iki günlük yolculuk boyunca daha yakından inceleme amacımı gizlemedim.

Bununla birlikte arkadaşım, "Pek şansınız olmaz," diye uyardı beni. "Bildiğim kadarıyla, Czentovic'ten en ufak bir psikolojik bilgi koparmayı kimse başaramadı. Bu kurnaz köylünün, derinde yatan yetersizliğinin arkasında açık vermeme akıllılığı gizleniyor, uyguladığı yöntem de, küçük meyhanelerde arayıp bulduğu, kendi çevresinden köylüler dışında herkesle konuşmaktan kaçınmak. Yakınında kültürlü bir insan hissettiğinde, kabuğuna çekiliyor; böylece hiç kimse ondan aptalca bir söz duymuş ya da kültürsüzlüğünün sınırsız derinliğini keşfetmiş olmakla övünemiyor."

Arkadaşım gerçekten haklı çıktı. Yolculuğun ilk günlerinde, kaba bir sırnaşıklık yapmadan Czentovic'e yanaşmanın tümüyle olanaksız olduğu ortaya çıktı, sırnaşık davranmak da benim tarzım değildi. Gerçi bazen gezinti güvertesinde dolaştığı olurdu, ama hep gururla ellerini arkasında kavuştururdu, o ünlü resmindeki Napoléon gibi; ayrıca güverte turunu her zaman öyle aceleyle ve paldır küldür tamamlardı ki, onunla konuşabilmek için peşinden koşturmak gerekirdi. Öte yandan yolcu salonlarında, barda, sigara salonunda hiç boy göstermezdi; kamarottan edindiğim güvenilir bilgiye göre, günün büyük bölümünü kamarasında geçirip dev gibi bir satranç tahtasında alıştırma yapıyor ya da çeşitli hamlelerin üzerinden geçiyormuş.

Üç gün sonra gerçekten kızmaya başladım, onun savunma yöntemi benim ona yaklaşma isteğimden daha etkiliydi. Yaşamım boyunca bir satranç ustasıyla tanışma fırsatım hiç olmamıştı ve şimdi böyle bir insanı gözümde canlandırmak için ne kadar çok uğraşırsam, bütün bir yaşam boyu yalnızca altmış dört siyah beyaz karenin çevresinde dönen bir beyin eylemi bana o kadar akıl almaz geliyordu. Gerçi kendi deneyimlerimden "kralların oyunu"nun gizemli çekiciliğini biliyordum; insanoğlunun düşünüp bulduğu oyunlar arasında, rastlantının her türlü despotluğuna karşı koyan ve zafer kupalarını yalnızca akla ya da daha çok tinsel yeteneğin belirli bir biçimine veren tek oyun. Ama satranca oyun demekle, haksız bir kısıtlama yapmış olmuyor mu insan? Satranç aynı zamanda bir bilim, bir sanat değil mi, yerle gök arasında süzülen Muhammed'in tabutu gibi bu iki kategori arasında gidip gelmiyor mu, bütün karşıt çiftlerin bir kerelik bileşimi değil mi? Hem çok eski hem de yepyeni, düzeneği hem mekanik hem de hayal gücüne bağlı, hem sabit geometrik bir alanla sınırlı hem de bileşimleri sınırsız, hem sürekli gelişen hem de kısır, hiçbir şeye götürmeyen bir düşünme, hiçbir şeyi hesaplamayan bir matematik, yapıtları olmayan bir sanat, maddesi olmayan bir mimari, bununla birlikte varlığıyla bütün kitap ve yapıtlardan daha dayanıklı olduğu su götürmez, bütün halklara ve bütün zamanlara ait olan tek oyun; can sıkıntısını öldürmesi, zihni açması, ruhu canlandırması için hangi Tanrı'nın onu yeryüzüne gönderdiğini kimse bilmez. Başlangıcı ve sonu nerededir? Her çocuk onun temel kurallarını öğrenebilir, her acemi onda şansını dener, ama yine de bu değişmez dar karenin içinde özel ustalar yaratır satranç, öteki insanların hiçbiriyle karşılaştırılamaz bunlar, yalnızca satranca yönelik bir yeteneği olan insanlar; görüş, sabır ve tekniğin tıpkı matematikçiler, şairler ve müzisyenlerdeki gibi belirli bir oranda, ama farklı katman ve bağlamlarda etkin olduğu özgül dâhiler. Fizyonomiye duyulan tutkunun ilk zamanlarında Gall[1] gibi biri, böyle satranç ustalarının beyinlerini yararak bu satranç dehalarının beyninde, bu insanın yeni bir gri kütlesi içinde özel bir kıvrım olup olmadığını, başka beyinlerdekine oranla daha gelişmiş bir satranç kası ya da satranç yumrusu bulunup bulunmadığını araştırmıştır belki de. Bu özgül dehanın, elli kiloluk içi boş bir kayanın içindeki tek bir altın filizi gibi, kesin bir akıl tembelliğinin içine sızmışa benzediği bir Czentovic örneği, böyle bir fizyonomiciye nasıl da çekici gelirdi!

1. Franz Josef Gall (1758-1828): Sinir sistemi anatomisi üzerine uzman olan ünlü Alman doktor. Her zihinsel etkinliği beynin belli bir bölgesine bağlayan ve insan yetilerinin durumunun kafatasının biçiminden belli olduğunu savunan frenolojiyi kurmasıyla ünlüdür. (Ç.N.)

Böyle olağanüstü, dâhice bir oyunun ister istemez göreceli ustalar yaratacağı gerçeğini uzun zaman önce anlamıştım; ama dünyayı yalnızca siyah ile beyaz arasındaki dar yola indirgeyen, otuz iki taşı bir oraya bir buraya, bir ileri bir geri oynatarak hayatının zaferini kazanmaya çalışan kıvrak zekâlı bir insanın yaşamını kafada canlandırmak ne kadar güç, ne kadar olanaksızdı; bu insanın yeni bir oyuna başlarken piyon yerine atı yeğlemesi olay yaratır ve bir satranç kitabının ufacık bir köşesinde adının geçmesiyle ölümsüzlüğe ulaşmasını sağlar; bu insan, bu akıl insanı, aklını kaçırmadan on, yirmi, otuz, kırk yıl boyunca bütün düşünme gücünü tekrar tekrar aynı gülünç amaca yöneltir: bir tahtanın üzerinde tahta bir şahı köşeye sıkıştırmak!

İşte şimdi böyle bir olay adam, böyle tuhaf bir dâhi ya da böyle şaşırtıcı bir deli ilk kez bu kadar yakınımdaydı, aynı gemide altı kamara ötemdeydi ve akılla ilgili şeylere karşı merakı her zaman bir çeşit tutkuya dönüşen zavallı ben, ona yaklaşmayı bir türlü beceremiyordum. En kaçık numaraları düşünmeye başladım: önemli bir gazete için onunla söyleşi yapmak istediğim yalanını uydurarak gururunu okşamak ya da ona İskoçya'da kârlı bir turnuva önererek açgözlülüğünden yararlanmak. Ama yabanhorozunu tuzağına düşürmek için avcının başvurduğu en güvenilir yöntemin, onun çiftleşme ötüşünü taklit etmek olduğu geldi aklıma en sonunda; bir satranç şampiyonunun dikkatini çekmek için, insanın kendisinin satranç oynamasından daha etkili ne olabilirdi ki?

Ancak ben yaşamım boyunca hiçbir zaman ciddi bir satranç sanatçısı olmadım; bunun basit bir nedeni var: Çünkü satrançla her zaman öylesine ve yalnızca eğlenmek için ilgilendim; bir saat tahtanın önünde oturursam, kesinlikle kendimi zorlamak için değil, tam tersine, üzerimdeki gerginlikten kurtulmak için yaparım bunu. Ötekiler, gerçek satranç oyuncuları, satrancı ciddiye alırken, ben sözcüğün tam anlamıyla satranç "oynarım". Tıpkı aşk gibi satranç için de bir eş gereklidir ve güvertede bizim dışımızda satranç meraklıları olup olmadığını daha bilmiyordum. Onları deliklerinden çıkarmak için sigara salonunda basit bir tuzak kurdum: Benden daha kötü oynamasına karşın, karımla birlikte tiyatro oynar gibi bir satranç tahtasının başına oturduk. Gerçekten de, daha altı hamle yapmamıştık ki, oradan geçen biri durdu, bir ikincisi izlemek için izin istedi; benimle bir el oynamak istemesiyle, beklenen eş de en sonunda ortaya çıktı. Adı McConnor'dı ve İskoç bir yol mühendisiydi, söylediğine göre California'daki petrol kuyularından büyük bir servet kazanmıştı; sert, neredeyse köşeli çene kemiği, iri dişleri olan güçlü kuvvetli bir adamdı, yüzünün koyu kırmızı rengini, en azından bir bölümünü, bol miktarda viskiye borçluydu herhalde. Göze çarpan geniş, neredeyse atletik omuzları ne yazık ki oyun sırasında da göze batıyordu, çünkü bu Mister McConnor, en önemsiz oyunda bile yenilmeyi kişiliklerine yapılmış bir hakaret olarak gören o kendinden emin, başarılı insanlardandı. Yaşamda önüne çıkanı devirerek yol almaya alışmış ve somut başarıdan şımarmış, kendi kendinin mimarı bu iriyarı adam, üstün olduğu düşüncesine kendini öyle kaptırmıştı ki, ona karşı koyulmasını kendisine karşı haksız bir ayaklanma ve neredeyse hakaret olarak algılıyordu. İlk eli kaybedince öfkelendi, uzun uzadıya ve sert bir tavırla, bunun yalnızca bir anlık bir dikkatsizlik yüzünden olduğunu açıklamaya başladı; üçüncü elde başarılı olamamasını yan salondaki gürültüye bağladı; bir eli kaybeder kaybetmez hemen rövanş istiyordu. Başlangıçta bu hırs dolu öfke beni eğlendirdi; sonuçta, dünya şampiyonunu masamıza çekmek olan gerçek amacıma ulaşmak için bu, yapmam gereken ufak bir şeydi yalnızca.

Üçüncü gün amacıma ulaştım, daha doğrusu yarı yarıya ulaştım. Gezinti güvertesinde dolaşan Czentovic pencereden bizi mi gözetledi, yoksa yalnızca rastlantısal olarak mı sigara salonunu varlığıyla şereflendirdi bilmiyorum, öyle ya da böyle, biz acemilerin onun sanatını icra ettiğimizi görür görmez bir adım daha yaklaştı ve bu ölçülü uzaklıktan tahtamızı şöyle bir gözden geçirdi. McConnor hamle yapmak üzereydi. Ve bu tek hamle bile, acemi çabalarımızı daha fazla izlemenin onun gibi bir usta için zaman kaybı olduğunu anlamasına yetmiş gibiydi. Bir kitapçıda kötü bir dedektif romanını, kapağını bile açmadan yerine koyarken yaptığımız doğal devinimle masamızdan uzaklaştı ve sigara salonundan çıktı. "Bizi ölçüp tarttı ve çok hafif buldu," diye düşündüm, bu soğuk, küçümseyici bakış beni biraz kızdırmıştı ve öfkemi McConnor'dan çıkarmak için ona bakıp, "Hamleniz ustayı pek etkilemişe benzemiyor," dedim.

"Hangi ustayı?"

Az önce yanımızdan geçen ve oyunumuza burun kıvırarak bakan o beyin, satranç ustası Czentovic olduğunu açıkladım ona. Şimdi de buna katlanmamız ve bizi küçümsemesine yüreğimiz sızlamadan alışmamız gerektiğini ekledim; biz zavallılar kaderimize razı olmalıydık. Ama laf olsun diye söylediklerimin, McConnor'ın üzerinde hiç beklenmedik bir etki yapması beni şaşırttı. Birden heyecanlandı, oyunumuzu unuttu, hırstan yerinde duramıyordu. Czentovic'in gemide olduğundan haberi yokmuş, Czentovic kesinlikle onunla oynamalıymış. Bir keresinde kırk kişiyle birlikte oynadığı bir eşzamanlı oyun dışında, hayatında bir dünya şampiyonuna karşı hiç oynamamış; o oyun bile korkunç derecede heyecanlı olmuş ve McConnor az kalsın kazanacakmış. Satranç ustasıyla tanışıyor muymuşum? Hayır, dedim. Onunla konuşmak ve yanımıza çağırmak istemez miymişim?

Czentovic'in yeni insanlarla tanışmaya pek hevesli olmadığı gerekçesiyle buna karşı çıktım. Üstelik, bizim gibi üçüncü sınıf oyuncularla uğraşmak bir dünya şampiyonuna ne zevk verirdi ki?

Bu üçüncü sınıf oyuncular sözünü McConnor gibi hırslı bir adama söylememem gerekirdi. Kızgın kızgın arkasına yaslandı ve Czentovic'in bir beyefendinin nazik davetini geri çevireceğine kendi adına inanmadığını söyledi ters ters, bu işin peşine düşecekmiş. İsteği üzerine dünya şampiyonunun kişiliğini kısaca betimledim ona ve hemen arkasından, oyunumuzu yarıda bırakarak sabırsızlıkla Czentovic'in ardından gezinti güvertesine koşturdu. Bu geniş omuzların sahibi bir kere kafayı bir şeye taktığı zaman, onu tutmanın olanaksız olduğunu hissettim yine.

Oldukça gergin bir bekleyiş başladı benim için. On dakika sonra McConnor geri döndü, keyfi pek yerinde değildi gibi geldi bana.

"Eee?" diye sordum.

"Haklıymışsınız," diye yanıtladı biraz kızgın. "Pek sevimli bir bey değil. Ona kendimi tanıttım, kim olduğumu anlattım. Bana elini bile uzatmadı. Bize karşı bir eşzamanlı oyun oynamak isterse hepimizin ne kadar onur duyacağını ona anlatmaya çalıştım. Ama hiç yüz vermedi; özür diledi, menajeriyle yaptığı anlaşmaya göre, bütün turnesi boyunca ücretsiz oynamaması gerekiyormuş. Oyun başına en düşük ücreti iki yüz elli dolarmış."

Güldüm. "Taşları siyah kareden beyaza sürmenin böylesine kârlı bir iş olabileceği hiç aklıma gelmezdi. Eh, umarım, siz de ona kibar davranmışsınızdır."

Ama McConnor hiç istifini bozmadı. "Oyun yarın öğleden sonra saat üçte. Burada, sigara salonunda. Umarım kolay havlu atmayız."

"Nasıl? Ona iki yüz elli doları verdiniz mi?" diye bağırdım şaşkınlıkla.

"Neden olmasın? *C'est son métier.*[1] Dişim ağrısaydı ve gemide tesadüfen bir diş doktoru olsaydı, dişimi bedavaya çekmesini isteyemezdim ya. Adam ücretini yüksek tutmakta çok haklı; her meslekte gerçek profesyoneller aynı zamanda en iyi işadamlarıdır. Bana gelince; bence iş ne kadar açık olursa, o kadar iyidir. Bir Herr Czentovic'in bana iyilik yapmasına izin vermektense ve sonunda bir de ona teşekkür etmek durumunda kalmaktansa, para öderim daha iyi. Sonuçta kulübümüzde bir akşamda iki yüz elli dolardan fazlasını kaybettiğim oldu ve bir dünya şampiyonuyla da oynamamıştım. Bir Czentovic tarafından altedilmek 'üçüncü sınıf' oyuncular için utanılacak bir şey değildir."

"Üçüncü sınıf oyuncu" gibi öylesine söylenmiş bir sözle McConnor'ın gururunu ne kadar incitmiş olduğumu ayrımsamak beni eğlendirdi. Ama bu pahalı eğlenceyi karşılamaya kararlı olduğu için, en sonunda merakımı giderecek olan yersiz hırsına karşı çıkmamın bir anlamı yoktu. O âna kadar kendilerini satranç oyuncusu olarak tanıtmış olan dört-beş beyi bu olaydan çabucak haberdar ettik ve oradan geçecek yolcular tarafından olabildiğince az rahatsız edilmek için yalnız bizim masamızı değil, komşu masaları da önümüzdeki maç için önceden ayırttık.

Ertesi gün küçük grubumuz kararlaştırılan saatte eksiksiz toplandı. Şampiyonun karşısında, ortadaki yer elbette McConnor'a ayrıldı; adam birbiri ardına puroları yakarak ve durmadan huzursuzlukla saatine bakarak sinirini yatıştırmaya çalışıyordu. Ama dünya şampiyonu –arkadaşımın anlattıklarından tahmin ettiğim gibi– en az on dakika bekletti bizi, bu da gelişinin büyük bir

1. (Fr.) Bu onun mesleği. (Ç.N.)

etki yaratmasını sağladı. Sakin ve soğukkanlı bir biçimde masaya yaklaştı. Kendini tanıtmadan –"Kim olduğumu biliyorsunuz, sizin kim olduğunuz ise beni ilgilendirmiyor," demek oluyordu herhalde bu saygısızlık– profesyonellere özgü bir kurulukla gerekli düzenlemeyi yapmaya koyuldu. Gemide yeterli satranç tahtası bulunmaması yüzünden bir eşzamanlı oyun oynanması olanaksız olduğu için, hepimizin birlikte ona karşı oynamamızı önerdi. Her hamleden sonra, aramızda yapacağımız konuşmaları duymamak için, salonun dip tarafındaki başka bir masaya gidecekmiş. Karşı hamlemizi yaptığımızda, ne yazık ki elimizde masa çanı bulunmadığı için, kaşıkla bardağa vurmamız gerekiyormuş. İstediğimiz başka bir zamanlama yoksa, en uzun hamle zamanının on dakika olmasını önerdi. Her öneriye utangaç öğrenciler gibi uyduk elbette. Czentovic siyahı seçti; daha ayaktayken ilk karşıt hamlesini yaptı ve sonra hemen kendi önerdiği bekleme yerine giderek kayıtsız bir tavırla arkasına yaslanıp resimli bir dergiyi karıştırmaya başladı.

Oyundan söz etmenin pek anlamı yok. Bitmesi gerektiği gibi bitti elbette: Bir güzel yenildik, üstelik daha yirmi dördüncü hamlede. Bir dünya şampiyonunun yarım düzine orta ya da ortanın altı düzeydeki oyuncuyu hiç zorlanmadan yenmesi pek şaşırtıcı değildi; hepimizin canını sıkan şey, Czentovic'in bizi zorlanmadan yendiğini kafamıza kakan kibirli tarzıydı yalnızca. Her defasında tahtaya yalnızca şöyle bir göz atıyordu, ölü, tahta yontularmışız gibi kayıtsız gözlerle bakıyordu bize ve bu küstah tavır hasta bir köpeğe şöyle bir bakıp bir lokma yiyecek fırlatmayı andırıyordu ister istemez. Bence içinde biraz duygu olsaydı, yanlışlarımıza dikkatimizi çekebilir ya da dostça bir sözle bize gayret verebilirdi. Ama bu insan olmayan satranç makinesi, oyun bittikten sonra da tek sözcük etmedi, "mat" dedikten sonra, kendisinden ikinci bir oyun daha isteniyor mu diye masanın önünde kıpırdamadan bekledi. Duyarsız kabalığa karşı insanın her zaman içine düştüğü çaresizlikle ayağa kalkıp bu sona eren dolar işiyle en azından benim açımdan ilişkimizin de bittiğini ima edecektim ki, yanı başımdaki McConnor çok boğuk bir sesle, "Rövanş!" deyip beni sinir etti.

Meydan okuyan ses tonu beni neredeyse ürküttü; gerçekten de McConnor o an kibar bir beyefendiden çok, yumruğunu indirmek üzere olan bir boksör izlenimi veriyordu. Czentovic'in bize kaba davranmasından mı, yoksa kendi hastalık derecesindeki hırsından mı kaynaklanıyordu bu, bilmiyorum, öyle ya da böyle, McConnor'ın ruh durumu tümüyle değişmişti. Yüzü alnına düşen perçemlere kadar kızarmış, burun delikleri öfkeden şişmişti, gözle görülür bir biçimde terliyordu ve kısılmış dudaklarından çıkan keskin bir kırışık, kavgacı bir havayla öne çıkmış çenesine doğru uzanıyordu. Gözünde o denetlenemez tutkunun alevini okudum huzursuzlukla, insanları ancak rulet masasında avucunun içine alan tutkuydu bu, hani hep iki katını yatırdıktan sonra altıncı ya da yedinci kez hâlâ doğru renk gelmediği zaman devreye giren tutku. O an anladım ki, bütün servetine mal olsa da bu fanatik, hırslı adam en azından tek bir oyun kazanana dek, Czentovic'e karşı oynayıp duracaktı. McConnor, Czentovic için bir altın madeniydi ve Czentovic sonuna kadar dayanırsa, Buenos Aires'e kadar birkaç bin dolar çıkarabilirdi bu madenden.

Czentovic yerinden kımıldamadı. "Buyurun," diye yanıtladı kibarca. "Beyler şimdi siyahla oynuyor."

İkinci oyun da farklı bir tablo çizmedi, bir şey dışında: Birkaç meraklı sayesinde topluluğumuz yalnız büyümekle kalmadı, hareketlendi de. McConnor tahtaya öyle sabit bakıyordu ki, sanki taşları iradesiyle kazanmak, mıknatıslamak istiyordu; soğuk bakışlı rakibinin yüzüne büyük bir zevkle, "Mat!" diye bağırmak için bin doları da seve seve feda ederdi, adım gibi emindim bundan. İnatçı heyecanının birazı, farkında olmadan tuhaf bir biçimde bize bulaştı. Her hamle üzerinde eskisine oranla daha tutkulu tartışıyorduk, Czentovic'i masamıza geri çağıran işareti vermeyi kararlaştırmadan önce, son anda bile bir hamleden vazgeçip öbürünü oynadığımız oluyordu. Yavaş yavaş on yedinci hamleye yaklaşmıştık ki, bizim için inanılmayacak kadar iyi bir konumun oluştuğunu gördük şaşkınlıkla, çünkü c çizgisindeki piyonu sondan bir önceki c2 karesine getirmeyi başarmıştık; veziri almak için piyonu c1'e itmemiz yeterliydi. Bu fazlasıyla belli şans yüzünden içimiz pek de rahat değildi elbette. Görünüşte bizim elde ettiğimiz bu avantajın, çok daha ileriyi gören Czentovic tarafından bilinçli olarak bize atılan bir kemik olduğundan kuşkulanıyorduk hepimiz. Ama hep birlikte iyice aramamıza ve tartışmamıza karşın, hilenin nerede olduğunu anlayamadık. En sonunda, izin verilen düşünme süresi tam bitmek üzereyken hamleyi yapmaya karar verdik. McConnor piyonu son kareye sürmek için elini uzatmıştı ki, birisi kolundan yakaladı, alçak sesle ve heyecanla fısıldadı: "Tanrı aşkına! Sakın ha!"

Elimizde olmadan hepimiz dönüp baktık. Kırk beş yaşlarında bir beydi konuşan, neredeyse tebeşir kadar beyaz olan ince uzun, sert yüzü daha önce güvertede gözüme çarpmıştı, bütün dikkatimizi hamleye yönelttiğimiz son dakikalarda yanımıza gelmiş olmalıydı. Ona baktığımızı ayrımsayarak aceleyle ekledi:

"Şimdi veziri alırsanız, fili c1'e sürüp piyonunuzu kırar, siz de atınızı geri çekersiniz. Ama bu arada boştaki piyonunu d7'ye getirip kalenizi tehdit eder ve atınızla şah mat deseniz bile kaybedersiniz ve dokuz on hamle sonra yenilirsiniz. 1922'de Pistyaner Turnuvası'nda

Alehin'in Bogolyubov'a karşı oluşturduğu konumun hemen hemen aynısı."

McConnor şaşkınlıkla elini taştan çekti ve cennetten inen beklenmedik bir melek gibi yardımımıza koşan adama en az bizim kadar afallayarak baktı. Dokuz hamle öncesinden matı hesaplayabilen birisi, birinci sınıf bir profesyonel olmalıydı, hatta belki de aynı turnuvaya giden bir yarışmacıydı ve bu kadar can alıcı bir anda aniden çıkagelip oyuna karışmasında neredeyse doğaüstü bir şey vardı. Kendini ilk toplayan McConnor oldu.

"Ne önerirdiniz?" diye fısıldadı heyecanla.

"Hemen ilerlemeyin, geri çekilin! Öncelikle şahı g8'den h7'ye alarak tehlikeli çizgiden kurtarın. Czentovic büyük olasılıkla öbür yandan saldıracaktır. Ama kaleyi c8'den c4'e getirip bunu savuşturursunuz; bu onun iki kalesine, bir piyonuna mal olur ve böylece üstünlüğünü yitirir. Boştaki piyonlar karşı karşıya kalır ve doğru savunma yaparsanız, oyun berabere biter. Daha fazlasını elde edemezsiniz."

Bir kez daha şaşırıp kaldık. Hesaplamasının hem hızlı hem de kesin olması bizi afallattı; hamleleri bir kitaptan okuyup söylüyordu sanki. Onun oyuna karışması sayesinde bir dünya şampiyonuyla berabere kalmamız beklenmedik bir şanstı ve sihirli bir değnek etkisi yaptı. Tahtayı daha iyi görmesini sağlamak için hep birden kenara çekildik. McConnor bir kez daha sordu:

"Şah g8'den h7'ye, öyle mi?"

"Aynen öyle! Öncelikle geri çekilin."

McConnor adamın dediğini yaptı ve bardağa vurduk. Czentovic o alışılmış sakin adımlarıyla masamıza geldi ve bir bakışta karşıt hamleyi ölçüp tarttı. Sonra, tıpkı tanımadığımız yardımcımızın önceden söylediği gibi, şah kanadındaki piyonu h2'den h4'e getirdi. Ve yardımcımız heyecanla fısıldadı:

"Kale ileri, kale ileri, c8'den c4'e, o zaman önce piyonun önünü kapatması gerekir. Ama bu onun işine yaramayacak! Boştaki piyona aldırmadan atınızı c3'ten d5'e getirerek saldırırsınız ve eşitlik yeniden sağlanır. Savunmak yerine bütün gücünüzle saldırın!"

Ne demek istediğini anlamadık. Söyledikleri Çinceydi sanki. Ama bir kere kendini kaptıran McConnor hiç düşünmeden söyleneni yaptı. Czentovic'i geri çağırmak için yeniden bardağa vurduk. İlk kez çabucak karar vermedi, tahtaya çabucak bir göz attı. Sonra yabancının bize önceden bildirdiği hamleyi aynen yaptı ve gitmek üzere döndü. Ama uzaklaşmadan önce, yeni ve beklenmedik bir şey yaptı. Başını kaldırdı ve bakışlarını üzerimizde gezdirdi; kendisine karşı birdenbire böyle canlı bir direnç gösterenin kim olduğunu anlamak istiyordu besbelli.

O andan başlayarak heyecandan yerimizde duramaz olduk. O âna kadar ciddi bir umut beslemeden oynamıştık, ama Czentovic'in soğuk kibrini kırma düşüncesi yürek atışlarımızı hızlandırdı. Ama yeni dostumuz bir sonraki hamleyi belirlemişti bile, Czentovic'i geri çağırabilirdik; kaşığı bardağa vururken parmaklarım titriyordu. Derken ilk zaferimizi kazandık. O âna dek hep ayakta oynayan Czentovic, duraksadı, duraksadı ve sonunda ağır ağır oturdu; böylece o âna dek bize tepeden bakan Czentovic, bizimle aynı düzeye inmiş oldu. En azından somut olarak bizimle aynı düzlemde bulunmaya zorunlu kılmıştık onu. Uzun uzun düşündü, gözlerini hiç kaldırmadan tahtaya dikti, öyle ki siyah kirpiklerinin altından gözbebeklerini görmek neredeyse olanaksızdı ve böyle derin düşünürken yavaş yavaş ağzı açıldı, yuvarlak yüzüne biraz bön bir ifade verdi bu. Czentovic birkaç dakika düşünüp taşındı, sonra bir hamle yaptı ve ayağa kalktı. Dostumuz şöyle fısıldadı:

"Zaman kazanmaya çalışıyor! İyi akıl! Ama pes etmeyin! Karşılıklı taş almaya zorlayın onu, o zaman paçayı kurtaramaz ve beraberliğe ulaşırız."

McConnor onun dediğini yaptı. Sonraki hamlelerde ikisinin arasında –biz ötekiler çoktan figüranlara dönüşmüştük– bizim anlamadığımız bir gidiş geliş başladı. Aşağı yukarı yedinci hamlenin sonunda Czentovic uzun uzun düşündükten sonra başını kaldırdı ve, "Berabere," dedi.

Bir an salonda çıt çıkmadı. Ansızın dalgaların sesi ve salonu cazla dolduran radyo duyuldu, gezinti güvertesinde atılan her adım ve aralık pencerelerden giren rüzgârın hafif, belli belirsiz uğultusu geldi kulaklarımıza. Hepimiz soluğumuzu tuttuk, bu inanılmaz şey çok ani olmuştu ve bu tanınmamış adamın yarı yarıya kaybedilmiş bir oyunda dünya şampiyonunu dize getirmesi bizi şaşkına çevirmişti. McConnor arkasına yaslandı, tuttuğu soluğu mutlu bir, "Ah!" sesiyle döküldü dudaklarından. Öte yandan, ben Czentovic'i izliyordum. Son hamleler sırasında yüzü solgunlaştı gibi gelmişti bana. Ama kendini denetlemeyi iyi biliyordu. Sakin görünümünü korudu ve taşları ağır devinimlerle tahtadan iterken kayıtsızca sordu:

"Beyler üçüncü bir oyun isterler mi?"

Tam bir tüccar ağzıyla sordu bu soruyu. Ama işin tuhaf yanı, bunu sorarken McConnor'a bakmayıp keskin gözlerini dosdoğru kurtarıcımıza dikmiş olmasıydı. Atın yeni, daha iyi bir biniciyi eyerde oturmasından anlaması gibi, o da son hamleler sırasında asıl gerçek, rakibini ayrımsamış olmalıydı. Elimizde olmadan bakışlarını izledik ve heyecanla yabancıya baktık. Ama adam kafasını toplayıp yanıtlayamadan, McConnor zafer sarhoşluğuyla bağırdı ona:

"Elbette! Ama şimdi onunla tek başınıza oynamalısınız! Czentovic'e karşı siz!"

Ama o anda hiç umulmadık bir şey oldu. Tuhaf bir biçimde hâlâ satranç tahtasına bakıp duran yabancı, bütün bakışların kendisine yöneldiğini ve bu coşkulu sözlerin kendisine söylendiğini anlayınca ürktü. Yüzü allak bullak oldu.

"Kesinlikle olmaz beyler," diye kekeledi gözle görülür bir utangaçlıkla. "Olanaksız bu... benim oynamam söz konusu bile olamaz... yirmi, hayır, yirmi beş yıldır satranç tahtasının başına oturmadım ben... ve sizden izin almadan oyununuza burnumu sokmakla ne kadar terbiyesizlik ettiğimi ancak şimdi anlıyorum... Lütfen, karıştığım için beni bağışlayın... sizi daha fazla rahatsız etmeyeceğim." Ve biz şaşkınlığımızı üzerimizden atamadan, salondan çıkmıştı bile.

"Ama bu olanaksız!" diye haykırdı ateşli McConnor yumruğunu masaya vurarak. "Bu adam yirmi beş yıldır satranç oynamamış olamaz, kesinlikle olamaz! Her hamleyi, her karşı hücumu beş-altı hamle önceden hesapladı. Böyle bir şeyi kimse rasgele yapamaz. Bu kesinlikle olamaz, öyle değil mi?"

Son soruda McConnor elinde olmadan Czentovic'e dönmüştü. Ama dünya şampiyonu hiç istifini bozmadı.

"Bu konuda yorum yapamam. Beyefendi özgün ve ilginç bir oyun çıkardı; bu nedenle ben de bilerek ona bir şans verdim." Bunu söylerken kayıtsızca ayağa kalkıp o tüccar tarzıyla ekledi:

"Beyefendi ya da beyler yarın yeni bir oyun isterse, saat üçten itibaren emrinizdeyim."

Bıyık altından gülmeden edemedik. Czentovic'in tanımadığımız yardımcımıza büyüklük edip de şans falan vermiş olmadığını, bu açıklamanın kendi başarısızlığını örtbas etmek için uydurduğu saf bir bahane olduğunu hepimiz biliyorduk. Böyle sarsılmaz bir kibrin kırıldığını görme isteğimiz daha da arttı. Bizim gibi uysal, zararsız gemi yolcularının üzerine bir anda yabanıl, hırs dolu bir savaşma hevesi gelmişti, çünkü okyanusun ortasındaki gemimizde satranç şampiyonunun tahtından edilebileceği düşüncesi –bütün telgraf bürolarının tüm dünyaya ilan edeceği bir rekor– aklımızı başımızdan almıştı. En can alıcı anda beklenmedik bir biçimde oyuna karışan kurtarıcımızın yarattığı gizemli havanın çekiciliği ve adamın neredeyse korku dolu alçakgönüllülüğü ile profesyonel oyuncunun sarsılmaz özgüveni arasındaki karşıtlık da eklendi buna. Kimdi bu yabancı? Burada rastlantı, daha keşfedilmemiş bir satranç dehasını gün ışığına mı çıkarmıştı? Yoksa ünlü bir usta anlaşılmaz bir nedenden dolayı bizden adını mı gizliyordu? Bütün bu olasılıkları büyük bir heyecanla tartıştık, en çılgın savlar bile, yabancının akıl almaz utangaçlığı ve şaşırtıcı açıklamasını unutulmaz oyun yeteneğiyle bağdaştırmaya yetecek kadar çılgın gelmiyordu bize. Ama bir konuda düşünce birliğine vardık: Yeni bir savaşı izleme zevkini kendimizden kesinlikle esirgemeyecektik. Yardımcımızın ertesi gün Czentovic'e karşı bir oyun oynaması için her şeyi yapmaya karar verdik, oyunun parasal tehlikesini göğüsleme işini McConnor üstlendi. Bu arada kamarotun ağzını arayıp da yabancının Avusturyalı olduğunu öğrenince, yurttaşı olarak ricamızı ona iletmek görevi bana kaldı.

Apar topar kaçan yabancıyı gezinti güvertesinde bulmam uzun sürmedi. Şezlonguna uzanmış kitap okuyordu. Yanına yaklaşırken, onu inceleme olanağı buldum. Köşeli başı, hafif yorgunluk belirtisi olarak yastığa dayanmıştı; yaşına oranla genç görünen yüzünün tuhaf solgunluğu yine dikkatimi çekti, bembeyaz saçları şakaklarını çevreliyordu; neden bilmem, bu adamın birdenbire yaşlanmış olduğu izlenimine kapıldım. Yanına vardığımda, kibarca doğruldu ve kendini tanıttı, soylu, eski Avusturya ailelerinden birine ait olan soyadı hemen tanıdık geldi bana. Bu soyadını taşıyan birinin Schubert'in çok yakın bir dostu olduğunu ve eski imparatorun özel doktorlarından birinin de bu aileden geldiğini anımsadım. Kendisinden Czentovic'in meydan okumasına karşılık vermesini rica ettiğimizi Dr. B.'ye iletince, gözle görülür biçimde afalladı. O oyunda bir dünya şampiyonunun, üstelik dönemin en başarılı, en ünlü şampiyonunun bulunduğundan haberi olmadığı ortaya çıktı. Nedendir bilinmez, bu açıklama onun üzerinde tuhaf bir etki yaptı sanki, çünkü rakibinin gerçekten de tanınmış bir dünya şampiyonu olduğundan emin olup olmadığımı tekrar tekrar sordu. Bu durumun görevimi kolaylaştırdığını kısa sürede anladım ve ince ruhlu biri olduğunu hissedince, olası bir yenilginin getireceği parasal yükün McConnor'ın kasasından karşılanacağını ona söylememenin iyi olacağını düşündüm. Uzun süre bocaladıktan sonra Dr. B. en sonunda bir oyun oynamayı kabul etti, ama becerisine pek fazla bel bağlamamaları konusunda öbür beyleri bir kez daha uyarmamı rica etmeyi de unutmadı.

"Çünkü," diye ekledi dalgın dalgın gülümseyerek, "bir satranç oyununu bütün kurallarına uygun olarak oynayıp oynayamayacağımı gerçekten bilmiyorum. Lise yıllarımdan beri, yani yirmi yıldan fazla bir zamandan beri tek bir satranç taşına dokunmadığımı söylediğimde, yapmacık bir alçakgönüllülük değildi bu, lütfen inanın bana. O zaman bile satranç oyuncusu olarak çok özel bir yeteneğim olduğu söylenemezdi."

Bunu öyle doğal bir biçimde söyledi ki, dürüstlüğünden en ufak bir kuşku duymadım. Bununla birlikte, birbirinden çok farklı ustaların her hamlesini böyle kesin anımsayabilmesine şaşırdığımı dile getirmekten kendimi alamadım; en azından kuramsal olarak satrançla çok uğraşmış olmalıydı. Dr. B. düş görür gibi, tuhaf tuhaf gülümsedi yine.

"Çok uğraşmıştım! Tanrı biliyor ya, satrançla çok uğraştığım söylenebilir. Ama çok özel, eşi benzeri olmayan koşullar altında oldu bu. Oldukça karmaşık bir hikâye, içinde yaşadığımız bu büyük zamanda pek sözünü etmeye değmez belki. Yarım saat sabrederseniz..."

Yanındaki şezlongu gösterdi. Davetini seve seve kabul ettim. Çevremizde kimsecikler yoktu. Dr. B. okuma gözlüğünü çıkardı, kenara koydu ve anlatmaya başladı:

"Bir Viyanalı olarak ailemin adını anımsadığınızı söylemeniz çok hoştu. Ama önceleri babamla birlikte, sonra da tek başıma çalıştırdığım avukatlık bürosunu duymamışsınızdır sanırım, çünkü gazetelerde boy boy yayımlanan davalarımız yoktu ve ilke olarak yeni müvekkiller almıyorduk. Gerçeği söylemek gerekirse, doğru düzgün bir avukatlık işi yapmaz olmuştuk, aşırı sağ partinin eski bir üyesi olan babamın ilişkisi olduğu büyük manastırların hukuk danışmanlığını ve öncelikle mali yönetimini yürütüyorduk yalnızca. Ayrıca –bugün monarşi artık tarihe karıştığı için bu konuda konuşabilirim– imparatorluk ailesinin bazı üyelerinin anamallarının yönetimi de bize verilmişti. Saray ve kiliseyle olan bu bağlantı –amcam imparatorun özel doktoruydu, başka bir amcam Seitenstetten Manastırı'nın başrahibiydi– iki kuşak öncesine uzanıyordu; bizim yalnızca onu korumamız gerekiyordu, bu babadan kalma görevi yürütmenin durgun, kendi halinde bir iş olduğunu söylemek isterim, ağzı sıkı ve güvenilir olmaktan başka pek bir şey gerektirmiyordu aslında, rahmetli babamda fazlasıyla bulunurdu bu iki nitelik; hem devrim döneminde hem de enflasyon yıllarında, işine gösterdiği özen sayesinde müvekkillerinin hatırı sayılır servetlerini korumayı başardı. Ardından Hitler Almanya'da yönetimi ele geçirip kilise ve manastırların mülklerine el koymaya başlayınca, en azından taşınabilir mülkleri yağmadan kurtarmak için sınırın öte yanında yapılan çeşitli görüşme ve işlemlerin tutanakları elimizden geçti ve kilise ile sarayın bazı gizli politik görüşmeleri hakkında kamuoyunun hiçbir zaman duyamayacağı kadar çok şey öğrendik ikimiz. Ama büromuzun dikkat çekmemesi –kapıya bir tabela bile asmamıştık– ve ikimizin de bütün monarşik çevrelere girmekten belirgin bir biçimde kaçınmamız, istenmedik baskınlara karşı en güvenli korumayı sağlıyordu. Gerçekten de bütün bu yıllar boyunca, sarayın gizli habercilerinin en önemli mektupları her zaman dördüncü kattaki, göze çarpmayan büromuzdan aldıklarını ya da oraya verdiklerini, Avusturya'daki resmî makamların ruhu bile duymadı.

Bir süre sonra Nasyonal Sosyalistler, dünyaya karşı ordularını güçlendirmeden çok önce, bütün komşu ülkelerde aynı derecede tehlikeli ve eğitimli başka bir ordu kurmaya başladı; hakları çiğnenmiş, ihmal edilmiş, gücendirilmiş insanlar ordusu. Her resmî dairede, her işletmede 'adamları' yuvalanmıştı, tepedeki Dollfuss ve Schuschnigg'in özel odalarına kadar her yerde casusları bulunuyordu. Göze çarpmayan büromuzda bile, ne yazık ki çok geç öğrendiğime göre, adamları vardı. Acınacak durumda ve yeteneksiz bir büro görevlisinden başka bir şey değildi elbette, dışarıdan bakıldığında büroya düzenli bir işletme görüntüsü vermek için, bir papazın önerisi üzerine işe almıştım onu; gerçekte onu zararsız habercilik işlerinden başka bir şeyde kullanmıyorduk, telefonları yanıtlıyor ve dosyaları düzenliyordu, yani tümüyle önemsiz ve tehlikesiz olan dosyaları. Postayı açması kesinlikle yasaktı, bütün önemli mektupları, kopyalarını çıkarmadan daktiloda kendi ellerimle yazıyordum, her önemli belgeyi kendim eve götürüyor ve gizli görüşmeleri yalnızca manastırın başrahibinin odasında ya da amcamın kabul odasında yaptırıyordum. Bu önlemler sayesinde bu casusun önemli olaylardan haberi olmadı; ama şanssız bir rastlantıyla bu hırslı ve boş kafalı delikanlı, ona güvenilmediğini ve arkasından bir sürü dolap çevrildiğini anladı galiba. Belki de benim yokluğum sırasında habercilerden biri, kararlaştırıldığı gibi 'Baron Bern' diyeceği yerde, dikkatsizlikle 'majesteleri' dedi ya da pis herif açması yasak olan mektupları açtı; öyle ya da böyle, ben kuşkulanmayı aklıma bile getiremeden, bizi gözetlemek için Münih'ten ya da Berlin'den emir aldı. İlk başlardaki kayıtsızlığının son aylarda ani bir gayrete dönüştüğünü ve mektuplarımı postalamak için birçok kez ısrar ettiğini, tutuklandıktan çok sonra anımsadım. Dikkatsizlik yapıp konuşmamışımdır diyemem, ama sonuçta Hitler yönetimi en büyük diplomatların ve askerlerin bile sinsice ağzından laf almamış mıdır? Gestapo'nun ne kadar dikkatle ve istekle gözünü üzerime dikmiş olduğu sonradan elle tutulur biçimde ortaya çıktı: Daha Schuschnigg'in yönetimden çekildiği akşam ve Hitler'in Viyana'ya girmesinden bir gün önce, SS'ler tarafından tutuklanmıştım. Neyse ki Schuschnigg'in veda konuşmasını duyar duymaz en önemli kâğıtları yakmıştım; manastırlarla ve iki arşidükün yurtdışında saklanan mülkleriyle ilgili belgeleri de bir çamaşır sepetine saklayıp yaşlı, güvenilir hizmetçimle amcama gönderdim; gerçekten de adamlar kapımı yumruklamadan önce, son anda yapmayı başardım bunu."

Dr. B. bir sigara yakmak için durdu. Alevin ışığında, ağzının sağ köşesinin sinirli sinirli seğirdiğini ayrımsadım, daha önce de dikkatimi çekmişti bu ve gözleyebildiğim kadarıyla birkaç dakikada bir tekrarlanıyordu. Belli belirsiz bir devinimdi, şöyle bir gelip geçiyordu, ama adamın bütün yüzüne tuhaf bir huzursuzluk veriyordu.

"Eski Avusturya'mıza bağlı kalan herkesin gönderildiği toplama kampından, orada yaşadığım aşağılama ve işkencelerden söz edeceğimi sanıyorsunuz herhalde şimdi. Ama böyle şeyler olmadı. Ben başka bir kategoriye girdim. Uzun zamandır bastırılan bir hıncın, bedensel ve ruhsal aşağılamalarla üzerlerine kusulduğu şanssızların arasına sokulmadım, Nasyonal Sosyalistlerin ya para ya da önemli bilgiler koparmayı umdukları öteki küçücük gruba girdim. Gestapo, kendi halindeki yaşantımla kesinlikle ilgilenmiyordu elbette. Ama onların en azılı rakiplerinin maşası, adamı ve sempatizanı olduğumuzu öğrenmiş olmalıydılar ve bana şantaj yaparak kanıt toplamaya çalışıyorlardı: mülkleri hakkında yasadışı işlemler yapıldığını kanıtlamak istedikleri manastırlara karşı kanıtlar, imparatorluk ailesine ve Avusturya'da monarşiyi canla başla destekleyen herkese karşı kanıtlar. Elimizden geçen anamalların önemli bölümünün onların ulaşamadığı bir yerlerde gizli olduğunu sanıyorlardı, pek de haksız sayılmazlardı doğrusu; bu nedenle bilinen yöntemleriyle benden bu sırları zorla almak için hemen ilk gün yakama yapıştılar. Önemli bilgi ya da para koparılacak benim gibi insanları bu nedenle toplama kampına göndermediler, özel bir uygulama yaptılar. Akrabalarından milyonlar koparmayı umdukları Avukat Baron Rotschild'in kesinlikle dikenli tellerin ardındaki bir toplama kampına atılmadığını, belirgin bir kayırmayla bir otele, Gestapo'nun karargâhı olan Metropole Oteli'ne yerleştirildiğini ve özel bir odası olduğunu anımsarsınız belki. Benim gibi göze çarpmayan bir adama da bu ödül layık görüldü.

Bir otelde özel bir oda, alabildiğine insancıl geliyor kulağa, değil mi? Ama biz 'önemli kişiler'i yirmişer yirmişer buz gibi bir barakaya tıkmayıp da oldukça iyi ısıtılmış, ayrı bir otel odasında barındırmaktaki amaçları, kesinlikle insancıl değil, tersine kurnaz bir yöntem uygulamaktı, bana inanabilirsiniz. Çünkü ağzımızdan gerekli 'kanıt'ı almalarını sağlayacak baskı, kaba dayaktan ya da bedensel işkenceden daha incelikle uygulanmalıydı: akla gelebilecek en zekice soyutlama yoluyla. Bize hiçbir şey yapmadılar, bizi tümüyle hiçliğin içine yerleştirdiler, çünkü bilindiği gibi yeryüzünde hiçbir şey insan ruhuna hiçlik kadar baskı yapmaz. Her birimizi tam bir boşluğa, dış dünyaya sıkı sıkıya kapalı bir odaya hapsetmekle, eninde sonunda dilimizi çözecek olan baskı, dayak ve soğuk yoluyla dışarıdan değil içeriden yaratılacaktı. Bana ayrılmış oda ilk bakışta hiç rahatsız etmedi beni. Bir kapı, bir yatak, bir koltuk, bir leğen, bir parmaklıklı pencere vardı odada. Ama kapı gece gündüz kilitliydi, masada hiçbir kitap, gazete, kâğıt, kalem durmasına izin yoktu, pencere bir yangın duvarına bakıyordu; bütün çevreme ve hatta kendi bedenime bile tümüyle hiçlik egemendi. Elimden her nesneyi almışlardı, zamanı bilmeyeyim diye saati, yazı yazamayayım diye kalemi, bileklerimi kesemeyeyim diye bıçağı; sigara gibi en ufak bir sakinleştirici bile benden esirgendi. Tek bir söz söylemesine ve tek bir soruyu yanıtlamasına izin verilmeyen gardiyandan başka bir insan yüzü görmedim, bir insan sesi duymadım; göz, kulak, bütün duyular sabahtan geceye, geceden sabaha kadar en ufak bir besin almıyordu, insan kendi kendisiyle, kendi bedeniyle ve masa, yatak, pencere, leğen gibi dört-beş dilsiz nesneyle çaresizlik içinde tek başına kalıyordu; suskunluğun siyah okyanusundaki cam fanuslu bir dalgıç gibi yaşıyordu insan, kendisini dış dünyaya bağlayan halatın kopmuş olduğunu ve o sessiz derinlikten hiçbir zaman yukarı çekilmeyeceğini ayrımsayan bir dalgıç gibi hatta. Yapacak, duyacak, görecek hiçbir şey yoktu, her yerde ve sürekli hiçlikle çevriliydi insan, boyuttan ve zamandan tümüyle yoksun boşlukla. Bir aşağı bir yukarı yürürdü insan, düşünceleri de onunla birlikte bir aşağı bir yukarı, bir aşağı bir yukarı yürüyüp dururdu. Ama ne kadar soyut görünürlerse görünsünler, düşünceler de bir dayanak noktasına gereksinim duyarlar, yoksa kendi çevrelerinde anlamsızca dönmeye başlarlar; onlar da hiçliğe katlanamaz. İnsan sabahtan akşama kadar bir şey olmasını bekler ve hiçbir şey olmaz. Bekleyip durur insan. Hiçbir şey olmaz. İnsan bekler, bekler, bekler, şakakları zonklayana dek düşünür, düşünür, düşünür. Hiçbir şey olmaz. İnsan yalnız kalır. Yalnız. Yalnız.

On dört gün boyunca zamanın dışında, dünyanın dışında yaşadım. O arada bir savaş çıksaydı, hiç haberim olmazdı; dünyam yalnızca masa, kapı, yatak, leğen, koltuk, pencere ve duvardan oluşuyordu ve hep aynı duvardaki aynı duvar kâğıdına bakıyordum; o kadar çok diktim ki gözümü ona, dallı budaklı deseninin her çizgisi demir çiviyle oyulmuş gibi beynimin en iç kıvrımına dek işledi. Derken en sonunda sorgulamalar başladı. Gündüz mü gece mi olduğunu anlayamadan ansızın çağrılırdı insan. Çağrılır ve birkaç koridordan geçirilirdi, nereye götürüldüğünü bilmezdi; sonra neresi olduğunu bilmediği bir yerde beklerdi ve çevresinde birkaç üniformalı kişinin oturduğu bir masanın önünde bulurdu kendini birden. Masanın üzerinde bir tomar kâğıt olurdu: Ne içerdiklerini bilmediğiniz dosyalar; ve sonra sorular başlardı, gerçek ve yapay sorular, açık ve haince sorular, üstü kapalı sorular ve tuzak sorular; insan bunları yanıtlarken yabancı, kötü parmaklar insanın ne içerdiklerini bilmediği kâğıtları karıştırır ve bir tutanağa bir şeyler yazardı, onların ne yazdığını bilmezdi insan. Ama bu sorgulamaların benim için en korkunç yanı, Gestapo'nun büromda olanlar hakkında gerçekten ne bildiğini ve ağzımdan ne almak istediğini hiçbir zaman tahmin edememem ve hesaplayamamamdı. Size daha önce de söylediğim gibi, asıl kanıt olabilecek kâğıtları son anda hizmetçimle amcama göndermiştim. Ama ellerine geçmiş miydi acaba?

Ya geçmemişse? O büro görevlisi yaptıklarımızın ne kadarını ispiyonlamıştı acaba? Mektupların kaç tanesini ele geçirmişlerdi, işlerini yürüttüğümüz Alman manastırlarının kim bilir kaçında her şeyden habersiz bir din adamını sıkıştırmışlardı bu arada? Ve sordular da sordular. Falanca manastır için hangi belgeleri satın almışım, hangi bankalarla yazışmalar yapmışım, Bay Falanca'yı tanıyor muymuşum, İsviçre'den ve Steenokkerzeel'den mektuplar almış mıyım? Ve ne kadarını bildiklerini kestiremediğim için, her yanıt beni çok büyük bir sorumluluk altına sokuyordu. Bilmedikleri bir şeyi itiraf edersem, birisini boşu boşuna bıçak altına gönderebilirdim belki. Çok fazla şeyi yadsırsam da kendime zarar verirdim.

Ama en kötüsü, sorgulama değildi. En kötüsü, sorgulamadan sonra hiçliğime geri dönmekti; aynı masanın, aynı yatağın, aynı leğenin, aynı duvar kâğıdının olduğu aynı odaya. Çünkü yalnız kalır kalmaz, hangi yanıtı verseydim en akıllıca olurdu diye ve belki düşüncesizce bir sözle uyandırmış olabileceğim kuşkuyu gidermek için gelecek sefere ne söylemeliyim diye uzun uzun düşünüyordum. Soruşturma yargıcına söylemiş olduğum her sözcüğü düşünüyor, gözden geçiriyor, ölçüp tartıyordum, onların sorduğu her soruyu, benim verdiğim her yanıtı kafamda tekrarlıyordum, anlattıklarım hakkında tutanağa neler yazmış olabileceklerini kestirmeye çalışıyordum, ama bunu hiçbir zaman öğrenemeyeceğimi biliyordum. Gelgelelim boş odada bu düşünceler bir kere harekete geçti mi, durmak bilmeden kafamın içinde dönüyor, hep yeni baştan, hep başka bileşimlerde oluşuyor ve uykuda bile peşimi bırakmıyordu; Gestapo'nun her sorgulamasından sonra, o soruların ve acı çektirmenin bana yaptığı işkence düşüncelerimde amansızca yer ediyordu, hatta böylesi daha da korkunç oluyordu, çünkü o sorgulamalar bir saat içinde biterken, düşüncelerimin hiç sonu gelmiyordu, bunun nedeni de yalnızlığın bana çektirdiği o haince işkenceydi. Ve çevremde hep sadece masa, dolap, yatak, duvar kâğıdı, pencere vardı, beni oyalayacak bir şey; kitap, gazete, yabancı bir yüz, bir şeyler yazmak için kalem, oynamak için kibrit, hiçbir şey, hiçbir şey, hiçbir şey yoktu. Bu otel odası sisteminin ne kadar şeytani ve akıllıca, ne kadar psikolojik işkence amaçlı olduğunu ancak şimdi anlıyordum. Toplama kampında insan belki de elleri kanayana ve ayakları donana dek el arabasıyla taş taşırdı, iki düzine insanla birlikte iğrenç kokan buz gibi bir odaya tıkılırdı. Ama yüzler görürdü, burada hep aynı şeyle, hep aynı korkunç değişmezlikle çevrili olmaktansa, bir tarlaya, bir el arabasına, bir ağaca, bir yıldıza, herhangi bir şeye bakabilirdi. Burada beni düşüncelerimden, kuruntularımdan, kafamda yaptığım hastalıklı tekrarlardan uzaklaştırabilecek hiçbir şey yoktu. Onların amacı da buydu zaten, boğazıma kadar düşüncelerime batıp boğulmalıydım ve en sonunda onları kusmaktan, istedikleri her şeyi söylemekten, kanıtları ve insanları ele vermekten başka çarem kalmamalıydı. Bu hiçliğin korkunç baskısı altında sinirlerimin yavaş yavaş gevşemeye başladığını hissediyordum ve tehlikenin bilincine vararak, oyalanacak herhangi bir şey bulmak ya da yaratmak için sinirlerimi neredeyse koparana dek geriyordum. Kendime bir uğraş bulmak için, bir zamanlar ezberlemiş olduğum her şeyi yüksek sesle okumayı denedim, çocukluktan kalma ulusal marşlar ve tekerlemeler, lisede okuduğumuz Homeros, yurttaşlık kitabından bölümler. Sonra hesap yapmayı denedim, rasgele sayıları toplamayı, bölmeyi, ama belleğim boşlukta pek iyi çalışmıyordu. Hiçbir şey üzerinde kafamı toplayamıyordum. Hep aynı düşünce çakıyordu beynimde: Ne biliyorlar? Dün ne söyledim, gelecek sefer ne söylemeliyim?

Sözcüklerle anlatılamayacak bu durum dört ay sürdü. Eh, dört ay, yazması kolay: altı üstü birkaç harf! Söylemesi de kolay: dört ay, iki hece! Çeyrek saniye içinde dudaklar böyle bir sesi çabucak uyduruvermiş: dört ay! Ama boşlukta, zamansızlıkta geçen bir dört ayın ne kadar sürdüğünü hiç kimse bir başkasına da kendine de anlatamaz, ölçemez, gözünde canlandıramaz; insanın çevresindeki bu hep aynı hiçliğin, bu hep aynı masa, yatak, leğen ve duvar kâğıdının ve hep aynı suskunluğun, insana bakmadan yemeğini içeri iten hep aynı gardiyanın, çıldırtana kadar boşlukta dönüp duran hep aynı düşüncelerin insanı nasıl yiyip bitirdiğini ve yıktığını kimse kimseye anlatamaz. Küçük ipuçlarından beynimin dengesinin bozulduğunu anladım kaygıyla. Başlangıçta sorgulamalar sırasında kendimden emindim, sakin ve düşünüp taşınarak vermiştim ifadelerimi; neyi söyleyip neyi söylemememem gerektiğine ilişkin ikili düşünme yöntemi işe yaramıştı. Şimdiyse en basit tümceleri bile ancak kekeleyerek bir araya getirebiliyordum, çünkü ifade verirken, kâğıdın üzerine bilgileri sıralayan kalemden ayıramıyordum gözümü, sanki kendi sözcüklerimin peşinden koşmak istiyordum. Gücümün tükendiğini hissediyordum, kendimi kurtarmak için bildiğim her şeyi, belki de daha fazlasını söyleyeceğim, bu hiçliğin beni boğmasından kurtulmak için on iki insanı sırlarıyla birlikte ele vereceğim ânın giderek yaklaştığını hissediyordum, oysa bunu yapmak bana bir anlık huzurdan fazlasını sağlamayacaktı. Bir akşam gerçekten de bu duruma geldim: Gardiyan tesadüfen bu boğulma ânı sırasında bana yemeğimi getirince, birden arkasından bağırdım: 'Beni sorgulamaya götürün! Her şeyi söyleyeceğim! Her şeyi itiraf edeceğim! Belgelerin nerede olduğunu, paranın nerede saklandığını söyleyeceğim! Her şeyi söyleyeceğim, her şeyi!' Neyse ki beni duymadı. Belki de beni duymak istemiyordu.

Tehlike bu kadar büyüdüğü sırada beni kurtaran, en azından belli bir süre için kurtaran, önceden tahmin edemeyeceğim bir şey oldu. Temmuz sonuydu, karanlık, bulutlu, yağmurlu bir gündü: Bu ayrıntıyı çok iyi anımsıyorum, çünkü sorgulamaya götürülürken geçtiğim koridordaki camlara vuruyordu yağmur damlaları. Dış odada sorgu yargıcını beklemem gerekiyordu. Her sorgulamadan önce her zaman beklemek gerekiyordu: Bu bekletme de yöntemlerinin bir parçasıydı. Önce gece yarısı apar topar hücreden alıp götürerek insanın sinirlerini bozuyorlardı, sonra da, insan kendini sorgulamaya hazırladığında, direnmek için bütün bilincini ve isteğini topladığında, bedenini yormak ve ruhunun direncini kırmak için sorgulamadan önce bir saat, iki saat, üç saat bekletiyorlardı. Ve o perşembe günü, 27 Temmuz'da, beni her zamankinden çok beklettiler, tam iki saat dış odada ayakta bekledim; bu tarihi bu kadar kesin anımsamamın özel bir nedeni var: İki saat boyunca ayaklarıma kara suların indiği –oturmama izin yoktu elbette– o dış odada bir takvim asılıydı; basılmış, yazılı bir şeylere duyduğum açlıkla duvardaki bu tek bir sayıya, '27 Temmuz'a nasıl da bakıp durduğumu size anlatamam; hemen beynimin içine kazıdım onu. Sonra yine bekledim, bekledim ve ne zaman açılacağını merak ederek kapıya diktim gözümü, bir yandan da sorgulama komitesinin bana bu kez ne sorabileceğini düşündüm, tümüyle hazırlıksız olduğum bir şey soracaklarını biliyordum. Ama her şeye karşın bu ayakta beklemenin çektirdiği işkence aynı zamanda benim için bir iyilikti, bir zevkti, çünkü bu oda hiç olmazsa benimkinden başka bir odaydı, biraz daha büyüktü ve bir yerine iki penceresi vardı; ve yatak yoktu, leğen yoktu, pencerenin pervazındaki, milyonlarca kez baktığım o bildik çatlak yoktu. Kapının rengi başkaydı, duvarın önünde başka bir sandalye duruyordu ve solda bir dosya dolabıyla bir giysi dolabı vardı, bu ikincinin içindeki askılarda üç-dört ıslak asker paltosu, bana işkence yapanların paltoları asılıydı. Yani bakacak yeni, başka bir şeyim olmuştu en sonunda ve açlıktan çılgına dönmüş gözlerim her ayrıntıya hırsla saldırıyordu. Bu paltolardaki her kıvrımı gözledim, örneğin ıslak yakaların birinden sarkan bir damlayı ayrımsadım ve bu size çok gülünç gelebilir ama, çılgınca bir heyecanla bu damlanın ne yapacağını bekledim, en sonunda kıvrım boyunca aşağı mı süzülecekti, yoksa yerçekimine biraz daha direnip olduğu yerde mi kalacaktı; evet, sanki yaşamım buna bağlıymış gibi, dakikalarca soluk almadan bu damlayı izledim. Damla aşağı yuvarlandıktan sonra, paltolardaki düğmeleri tekrar saydım, bir tanesinde sekiz, ötekinde de sekiz, üçüncüde on tane vardı, sonra tekrar manşetleri karşılaştırdım; bütün bu gülünç, önemsiz ayrıntılar aç gözlerimi öyle bir hırsla avucuna aldı ve kendinden geçirdi ki, anlatamam. Ve birden bakışlarım bir şeye takılıp kaldı. Paltolardan birinin yan cebinin biraz şişmiş olduğunu ayrımsadım. Yaklaştım ve kabarıklığın dikdörtgen biçiminden, bu biraz şişmiş cebin içinde ne olduğunu anladım: bir kitap!

Dizlerim titremeye başladı: BİR KİTAP! Dört aydır elime kitap almamıştım ve içinde insanın art arda sıralanmış sözcükler, satırlar, sayfalar ve yapraklar görebileceği, başka, yeni, şaşırtıcı düşünceleri okuyabileceği, tanıyabileceği, beynine alabileceği bir kitabın hayali bile insanı hem coşturuyor hem de uyuşturuyordu. Gözlerim bu kitabın cepte oluşturduğu kabarıklığa hiç kıpırdamadan bakıyordu, sanki paltonun orasını yakıp bir delik açmak istercesine ışıldıyorlardı o içi görünmeyen yere doğru. Kendimi daha fazla tutamadım; elimde olmadan yaklaştım. En azından kumaşın üzerinden ellerimle bir kitaba dokunabilmek düşüncesi bile, parmaklarımdaki sinirleri tırnaklarıma kadar uyuşturdu. Neredeyse farkında olmadan giderek yaklaşıyordum. Neyse ki gardiyan bu tuhaf davranışımı ayrımsamadı; iki saat dimdik ayakta duran bir insanın biraz duvara dayanmak istemesi ona doğal göründü belki de. En sonunda paltoya iyice yaklaşmıştım ve fark ettirmeden ona dokunabilmek için ellerimi bilerek arkama saklamıştım. Kumaşa dokundum ve gerçekten de kumaşın arkasında dikdörtgen bir şey, bükülebilen ve hafifçe hışırdayan bir şey hissettim; bir kitap! Bir kitap! Ve ansızın çılgınca bir düşünceye kapıldım: Kitabı çal! Belki becerirsin bunu, onu hücrene gizleyebilir ve sonra okuyabilirsin, okuyabilirsin, en sonunda yeniden bir şey okuyabilirsin! Bu düşünce aklıma gelir gelmez, güçlü bir zehir etkisi yaptı; bir anda kulaklarım uğuldamaya ve kalbim küt küt atmaya başladı, ellerim buz kesti, titremelerini engelleyemiyordum. Ama ilk sersemliği atlattıktan sonra, sessiz ve sinsice, gözlerimi gardiyandan ayırmadan daha da yaklaştım paltoya, arkama gizlediğim ellerimle kitabı ite ite cepten yukarı çıkarmaya başladım. Sonra elimi uzattım, hafifçe, dikkatle çektim ve küçük, pek de kalın olmayan kitap birden elimdeydi. Ancak o zaman korktum yaptığımdan. Ama artık geri dönemezdim. Peki nereye koyacaktım kitabı? Arkamdan kemerimin altına sokuşturdum, oradan da yavaş yavaş kalçama doğru ittim, böylece yürürken elimi asker gibi yanıma yapıştırıp pantolon dikişinin üstünden tutabilecektim onu. İlk deneme başarılı oldu. Giysi dolabından uzaklaştım, bir adım, iki adım, üç adım. İşe yaradı. Kolumu sıkıca kemerime bastırırsam, kitabı yürürken tutabiliyordum.

Derken sorgulama başladı. Beni her zamankinden fazla zorladı, çünkü soruları yanıtlarken söylediklerime aklımı vermek yerine, her şeyden önce kitabı fark ettirmeden tutmaya çalışıyordum bütün gücümle. Neyse ki sorgulama bu kez kısa sürdü ve kitabı kazasız belasız odama götürdüm; bütün ayrıntılarla zamanınızı almak istemiyorum, ama yürürken kitap bir kere tehlikeli bir biçimde pantolondan kaydı ve eğilip onu tekrar kemerin altına itmek için, öksürük tutmuş gibi yapmam gerekti. Ama bu kitapla cehennemime geri dönmek ne olağanüstü bir andı, en sonunda yalnızdım, ama hiç de yalnız sayılmazdım!

Hemen kitabı kaptığımı, gözden geçirdiğimi, okuduğumu sanıyorsunuz herhalde. Kesinlikle hayır! Bir kitabım olmasının sevincini doya doya yaşamak istiyordum önce; bu çaldığım kitabın ne çeşit bir kitap olduğunu düşlemenin sevinci, ağırdan almama yol açıyor ve beni olağanüstü heyecanlandırıyordu. Her şeyden önce harfler çok küçüktü, çok çok fazlaydı, bir sürü ince yaprak vardı, böylece uzun uzun okuyabilecektim. Ve sonra beynimi zorlayacak, düz olmayan, basit olmayan, tersine insanın öğrenebileceği, ezberleyebileceği bir yapıt olmasını diledim, örneğin bir şiir kitabı, en iyisi –ne cüretkâr bir düş!– Goethe ya da Homeros. Ama en sonunda hırsıma, merakıma daha fazla engel olamadım. Gardiyan kapıyı aniden açacak olursa beni enselemesin diye yatağa uzandım, titreyerek kemerimin altından kitabı çıkardım.

Bakar bakmaz hayal kırıklığına uğradım, hatta yoğun bir öfkeye kapıldım: Bu kadar büyük bir tehlikeyi göze alarak ele geçirdiğim, bu kadar büyük bir beklentiyle sakladığım kitap bir satranç albümüydü, yüz elli ustanın oyunundan oluşan bir toplamaydı. Kilit altında olmasaydım, o ilk öfkeyle kitabı açık bir pencereden fırlatırdım, çünkü bu saçma sapan şeyle ne yapabilirdim ki? Delikanlıyken lisede ötekilerin çoğu gibi benim de sıkıntıdan zaman zaman bir satranç tahtasının yanına uğradığım olmuştu. Ama bu kuramsal şey benim ne işime yarardı ki? İnsan bir rakip olmadan satranç oynayamaz ki, hele taşlar ve tahta olmadan hiç oynayamaz. Yine de belki okunacak bir şey, bir giriş, bir yönlendirme yazısı keşfederim diye sayfaları isteksizce karıştırdım; ama her bir usta oyununun çıplak, kare diyagramları ve altlarında ilk önce anlayamadığım a2-a3, Af1-g3 gibi işaretlerden başka hiçbir şey bulamadım. Bunların hepsi anahtarını bulamadığım bir çeşit cebir gibi geldi bana. A, b, c harflerinin uzunlamasına sıralar, 1'den 8'e kadar sayıların da çapraz sıralar için olduğunu ve her bir taşın o anki konumunu belirttiğini yavaş yavaş çözdüm; böylece salt grafik diyagramlar bir dile dönüştü. Belki de hücremde bir çeşit satranç tahtası kurabilir ve sonra bu oyunların aynısını oynamaya çalışabilirim, diye düşündüm; tıpkı gökten inmiş bir mucize gibi, yatak çarşafımın tesadüfen iri kareli olduğunu fark ettim. Doğru katlayınca, altmış dört kareyi oluşturmayı başardım. Önce ilk sayfasını koparıp kitabı somyanın altına sakladım. Sonra ekmeğimden kopardığım küçük parçaları birleştirip gülünç ve yamuk yumuk satranç taşları yapmaya başladım, şah, vezir falan; bitmek bilmeyen bir uğraştan sonra, en sonunda satranç kitabında gösterilen konumların aynısını kareli yatak örtüsünün üzerinde oluşturabilmeyi başardım. Ama bütün oyunu yeniden oynamaya çalışınca, ötekilerden ayırmak için yarısının rengini tozla koyulaştırdığım gülünç ekmek-taşlarımla hiçbir şey beceremedim önce. İlk günlerde sürekli şaşırdım; bu tek oyuna beş kere, on kere, yirmi kere tekrar baştan başlamam gerekti. Ama yeryüzünde kimin, hiçliğin kölesi olan benim kadar yararsız ve kullanılmayan zamanı vardı ki, kim bu kadar hırs ve sabırla doluydu? Altı gün sonra oyunu hiç şaşırmadan sonuna kadar oynadım, ondan sekiz gün sonra satranç kitabındaki konumları gözümün önüne getirmek için yatak çarşafındaki ekmek parçalarına bile gerek duymadım ve bir sekiz gün daha sonra kareli yatak çarşafı da gereksiz oldu; başlangıçta soyut gelen a1, a2, c7, c8 gibi işaretler, beynimin içinde görsel, plastik konumlara dönüştü kendiliğinden. Değişiklik başarıyla uygulanmıştı: Satranç tahtasını taşlarıyla birlikte beynimin içine yansıtmıştım ve yalnızca formülleri kullanarak o anki konumu bir bakışta anlıyordum, tıpkı bütün sesleri ve uyumlarını duymak için notalara şöyle bir bakmanın deneyimli bir müzisyene yetmesi gibi. Bunu izleyen on dört günün sonunda, kitaptaki her oyunu kolayca ezbere –ya da profesyonellerin dediği gibi gözü kapalı– oynayabiliyordum; küstah hırsızlığımın bana ne kadar büyük bir iyilik yaptığını ancak anlamaya başlıyordum. Çünkü birdenbire bir uğraşım olmuştu; isterseniz mantıksız, amaçsız olduğunu söyleyin, ama çevremdeki hiçliği yok eden bir uğraştı bu, yüz elli turnuva oyunuyla odanın ve zamanın boğucu tekdüzeliğine karşı kusursuz bir silah geçmişti elime. Yeni uğraşımın çekiciliğini koruması için, o andan başlayarak her günü bir güzel böldüm: sabahları iki oyun, öğleden sonraları iki oyun, akşamları da hızlı bir tekrar. Daha önce jelatin gibi biçimsizce uzayan günlerim böylece doldu, kendimi yormadan bir şeyle uğraşmış oluyordum, çünkü satrancın eşsiz bir yararı vardı, tinsel enerjinin daracık bir alana yönlendirilmesiyle en ağır düşünce eyleminde bile beyni gevşetmiyor, tersine kıvraklığını ve esnekliğini artırıyordu. Önceleri usta oyunlarını makine gibi oynarken, zamanla içimde sanatsal, heves dolu bir anlayış uyanmaya başladı. Saldırı ve savunmanın inceliklerini, hilelerini ve güçlüklerini öğrendim; ileriyi görme, bileşimler yapma, çabuk karşılık verme yöntemlerini kavradım ve insanın bir şairin dizelerini bir-iki satırdan anlaması gibi, her bir satranç ustasının kişisel tarzını bir bakışta tanır oldum; yalnızca zamanı doldurmak için başlayan bu uğraş zevke dönüştü ve Alehin, Lasker, Bogolyubov, Tartakower gibi büyük satranç otoriteleri yalnızlığımda bana candan dost oldular. Taşların sonsuz yer değiştirmesi, sessiz hücreyi her gün canlandırıyordu ve düzenli alıştırma yapmam sayesinde düşünme yeteneğim sarsılmış kesinliğini yeniden kazandı; beynimin tazelendiğini ve hatta sürekli düşünmeye zorlandığı için sanki bilendiğini hissediyordum. Daha kesin ve dikkatli düşünüyor olmam her şeyden önce sorgulamalarda ortaya çıkıyordu; satrançta savunma yaparken blöflere ve gizli hilelere karşı bilmeden ustalaşmıştım; o andan başlayarak sorgulamalarda bir daha açık vermedim, hatta Gestapo'nun bana yavaş yavaş belirgin bir saygıyla bakmaya başladığını düşünüyordum. Ötekilerin hepsinin pes ettiklerini görünce, böyle sarsılmaz bir direnme gücünü hangi gizli kaynaklardan aldığımı soruyorlardı birbirlerine belki de.

O kitaptaki yüz elli oyunu her gün düzenli olarak yeniden oynadığım bu mutlu dönemim aşağı yukarı iki buçuk ay sürdü. Sonra beklenmedik bir biçimde ölü bir noktaya geldim. Ansızın yeniden hiçlikle karşı karşıya buldum kendimi. Çünkü her bir oyunu yirmi ya da otuz kez oynadıktan sonra, yeni olmanın, şaşırtıcı olmanın getirdiği çekiciliği yitirdiler; önceleri beni heyecanlandıran, kanımı kaynatan güçleri zayıfladı. Her hamlesini çoktan ezberlediğim oyunları tekrar tekrar oynamanın ne anlamı vardı ki? İlk açılışı yapar yapmaz, gerisi kendiliğinden aklımda beliriyordu, artık sürpriz, gerilim, sorun kalmamıştı. Kendimi oyalamak için, artık onsuz olamadığım düşünsel zorlanmayı yaratmak için, başka oyunlar içeren başka bir kitap gerekliydi bana aslında. Ama bu kesinlikle olanaksız olduğundan, bu tuhaf çılgınlıktan kurtulmanın tek bir yolu kalıyordu: Eski oyunların yerine yenilerini bulmalıydım. Kendimle, daha doğrusu kendime karşı oynamaya çalışmalıydım.

Bu oyunlar oyununun yarattığı tinsel durum üzerine

ne dereceye kadar kafa yorduğunuzu bilmiyorum. Ama rastlantıdan tümüyle kopmuş bir düşünce oyunu olan satrançta, kendine karşı oynamak istemenin mantıksal açıdan bir saçmalık olduğunu anlamak için fazla düşünmeye gerek yok sanırım. Satrancın çekiciliği temelde bir tek şeyden kaynaklanır: stratejisinin farklı beyinlerde farklı biçimlerde gelişmesinden. Bu tinsel savaşta siyah, beyazın o an hangi manevrayı yapacağını bilemez ve sürekli tahminler yürütmeye ve çıkış yolları bulmaya çalışır, öte yandan beyaz da siyahın hain amaçlarını anlamaya ve baltalamaya uğraşır. Siyah ve beyazı aynı kişi oynarsa, tutarsız bir durum ortaya çıkar, aynı beyin bir yandan bir şeyi bilmek, öte yandan bilmemek durumundadır, beyaz olarak oynarken bir dakika önce siyah olarak istediği ve amaçladığı şeyleri kafasından silip atabilmelidir. Böyle bir ikili düşünme, bilincin tümüyle bölünmesini gerektirir aslında, beyin işlevinin mekanik bir alette olduğu gibi istendiği an açılıp kapanmasını ister; yani satrançta kendine karşı oynamak, kendi gölgenin üstünden atlamak gibi bir çelişkidir.

Sözü uzatmayayım, aylarca çaresizlik içinde bu olanaksız, bu saçma şey üzerinde çalıştım. Ama keçileri kaçırmamak ya da bir akıl hastalığına yakalanmamak için, bu saçmalıkla uğraşmaktan başka seçim şansım yoktu. Çevremdeki korkunç hiçliğin beni boğmaması için, kendimi siyah ve beyaza bölmeyi en azından denemek durumunda kaldım."

Dr. B. şezlongda arkasına yaslandı ve bir dakikalığına gözlerini kapadı. Rahatsız edici bir anıyı zorla bastırmak istiyordu sanki. Denetleyemediği o tuhaf seğirme, ağzının sol köşesinde yeniden belirdi. Sonra şezlongunda biraz doğruldu.

"İşte böyle, bu noktaya kadar size her şeyi oldukça anlaşılır bir dille açıkladığımı umuyorum. Ama gerisini de bu kadar açık anlatabileceğimden pek emin değilim ne yazık ki. Çünkü bu yeni uğraş beyni öyle çok zorluyordu ki, her türlü özdenetimi olanaksız kılıyordu. Satrancı kendine karşı oynamak istemenin bence saçmalık olduğunu size daha önce söyledim; ama gerçek bir satranç tahtasıyla bu saçmalığın bile ufak da olsa bir şansı olurdu, çünkü satranç tahtasının gerçekliği yine de belirli bir uzaklık, somut bir dışsallık yaratır. Gerçek taşları olan gerçek bir satranç tahtasının başında insan düşünmek için ara verebilir, masanın bir o yanında, bir bu yanında durabilir ve böylece durumu bir siyah açısından, bir beyaz açısından ölçüp tartabilir. Ama bu kavgaları düşsel bir alanda kendime karşı ya da diyelim ki, kendimle yapmak durumunda kaldığım için, altmış dört kare üzerindeki o anki konumu aklımda çok iyi tutmam gerekiyordu, üstelik yalnız anlık konumu değil, her iki rakibin ileriki olası hamlelerini de hesaplamalıydım, hem de –bütün bunların kulağa ne kadar saçma geldiğini biliyorum– iki ve üç katını canlandırmalıydım gözümde, hayır altı katını, sekiz katını, on iki katını; hem siyah hem de beyaz için hep dört-beş hamle ilerisini görmeliydim. Bu çılgınlığın ayrıntılarına indiğim için beni bağışlayın, imgelemin soyut alanındaki bu oyunda hem beyaz hem de siyah olarak dört-beş hamleyi önceden hesaplamam gerekiyordu, yani oyunun gelişimi içinde ortaya çıkan sonuçları adeta iki beyinle önceden belirlemeliydim, beyazın beyni ve siyahın beyniyle. Ama yaptığım çılgın deneyin en tehlikeli yanı böyle ikiye bölünmem değil, oyunları tek tek düşünüp bulurken bir anda yerin ayaklarımın altından kayması ve boşluğa yuvarlanmamdı. Geçen haftalarda yaptığım gibi usta oyunlarını yeniden oynamam, sonuçta tekrarlanan bir iş olmuştu, var olan bir maddenin yeniden üretilmesiydi ve şiir ezberlemekten ya da yasaları aklımda tutmaktan daha güç değildi; sınırlı, disiplinli bir eylemdi, bu nedenle de kusursuz bir tinsel alıştırmaydı. Sabah ve öğleden sonraları çalıştığım ikişer oyunum, heyecan duymadan yerine getirdiğim belli bir ödevdi; benim için normal bir uğraşın yerini tutuyordu, üstelik bir oyun sırasında yanılırsam ya da nasıl devam edeceğimi bilemezsem, her zaman kitaba başvurabilirdim. Bu eylemin bozuk sinirlerime iyi gelmesinin ve beni yatıştırmasının nedeni, yabancı oyunları yeniden oynamanın beni oyunun içine sokmamasıydı; siyah ya da beyazın yenmesi benim için fark etmiyordu, şampiyonluk kupası için kapışanlar Alehin ya da Bogolyubov'du ve benim kendi benliğim, aklım, ruhum izleyici, uzman olarak her oyunun özellikleri ve güzelliklerinin keyfini çıkarıyordu. Ama kendime karşı oynamaya kalkıştığım andan itibaren, bilinçsizce meydan okumaya başlıyordum. Siyah ve beyazdan oluşan her iki ben de yarışa girişmeden edemiyordu ve her ikisi de yenmek, kazanmak için kendine göre bir hırsa, bir sabırsızlığa kapılıyordu; siyah olan ben, beyaz olan 'ben'in yapacağı her hamleyi heyecanla bekliyordu. Bir tanesi bir yanlış yapınca, öteki ben sevinçten havalara uçuyor ve aynı anda da kendi beceriksizliğine kızıyordu.

Bütün bunlar mantıksız görünüyor ve gerçekte normal bir insanda normal koşullar altında böyle yapay bir şizofreni, tehlikeli boyutta bir uyarılmadan kaynaklanan böyle bir bilinç bölünmesi olması düşünülemez. Ama her türlü normallikten zorla kopartılmış olduğumu unutmayın; suçsuz olmasına karşın hapsedilmiş, aylardır tek başına bırakılarak kurnazca işkence yapılmış bir tutukluydum ben, birikmiş öfkesini uzun zamandan beri herhangi bir şeye boşaltmak isteyen bir insandım. Ve kendime karşı oynadığım bu mantıksız oyundan başka bir şeyim olmadığı için, öfkem, intikam hevesim fanatik bir biçimde bu oyuna yöneldi. İçimdeki bir şey haklı çıkmak istiyordu ve savaşabildiğim tek şey içimdeki bu öteki 'ben'di; böylece oyun sırasında neredeyse delice bir heyecana kapılmaya başladım. Başlangıçta sakin ve düşünüp taşınarak oynamıştım, kendimi fazla zorlamamak için bir oyundan ötekine geçerken ara vermiştim; ama gerilmiş sinirlerim yüzünden yavaş yavaş sabrım tükendi. Beyaz ben bir hamle yapar yapmaz, siyah ben hırsla saldırıyordu; bir oyun biter bitmez, hemen ötekine koyuluyordum, çünkü her seferinde iki ben'den biri ötekine yeniliyor ve rövanş istiyordu. O aylar boyunca hücremde bu çılgınca enerjiyle kendime karşı kaç tane oyun oynadığımı yaklaşık olarak bile söyleyemem; belki bin tane, belki de daha fazla. Kendimi kurtaramadığım bir düşkünlüktü bu; gece gündüz fil, piyon, kale ve şahtan, a, b ve c'den, mat ve çifte hamleden başka bir şey düşünmüyordum, bütün benliğim ve duygularımla o kareli alana çakılıp kaldım. Oyun sevinci oyun hevesine dönüşmüştü, oyun hevesi oyun dürtüsüne, çılgınlığa, yalnızca uyanık olduğum saatleri ele geçirmekle kalmayıp yavaş yavaş uykuma da sızan tutkulu bir öfkeye. Tek düşünebildiğim satrançtı; satranç hareketleri, satranç problemleriydi; bazen alnımda ter damlacıklarıyla uyanıp uykuda bile bilinçsizce oynamayı sürdürdüğümü ayrımsıyordum ve düşümde insanlar görürsem, yalnızca filin, kalenin hareketlerini, atın ileri geri atlamasını gerçekleştirirken görüyordum onları. Sorgulamaya çağrıldığımda bile, ifadem üzerinde kafamı toplayamıyordum; son sorgulamalarda kendimi oldukça karmaşık dile getirdim sanırım, çünkü sorgulayıcılar bazen anlamsız gözlerle baktılar bana. Ama onlar soru sorarken ve aralarında konuşurken, ben gerçekte uğursuz bir açgözlülükle hücreme geri götürülmeyi, böylece oyunumu, delice oyunumu sürdürmeyi bekliyordum yalnızca; yeni bir oyun ve bir tane daha, sonra bir tane daha. Oyunumu yarıda kesen her şey bana batıyordu; gardiyanın hapishane hücresini temizlediği on beş dakika, bana yemek getirdiği iki dakika ateşli sabırsızlığımı körüklüyordu; bazen akşamları kâseye elimi bile sürmüyordum, oyun oynarken yemek yemeyi unutuyordum. Bedensel olarak duyumsadığım tek şey, korkunç bir susuzluktu; sürekli düşünmenin ve oynamanın yol açtığı ateş olsa gerekti bunun nedeni; şişeyi tepeme iki dikişte bitiriyor ve biraz daha su getirmesi için gardiyana yalvarıyordum, bununla birlikte bir an sonra dilim damağım yine kurumuş oluyordu. En sonunda oyun oynarken –zaten sabahtan akşama kadar başka bir şey yapmıyordum artık– duyduğum heyecan o kadar arttı ki, bir an bile yerimde oturamaz oldum; oyunlar üzerinde kafa yorarken durmaksızın bir aşağı bir yukarı gidip geliyordum, oyunun sonu yaklaştıkça hep daha hızlı, daha hızlı, hep daha ateşli gidip geliyordum; kazanma, yenme, kendi kendimi yenme hırsı yavaş yavaş bir çeşit öfkeye dönüştü, sabırsızlıktan titriyordum, çünkü her zaman içimdeki satranç oyuncularından biri ötekine göre yavaş oynuyordu. Biri ötekini harekete geçiriyordu; size çok gülünç gelebilir, ama içimdeki 'ben'lerden biri ötekine yeterince hızlı karşılık vermezse, kendi kendimi azarlamaya başlıyordum, 'Daha hızlı, daha hızlı!' ya da, 'İleri, ileri!' İçinde bulunduğum bu durumun, tinsel açıdan aşırı uyarılmanın bütünüyle patolojik bir biçimi olduğunu bugün çok iyi biliyorum elbette ve bunu tanımlamak için tıbbın bilmediği bir addan başkası gelmiyor aklıma: satranç zehirlenmesi. En sonunda bu tek yönlü düşkünlük yalnızca beynimi değil, bedenimi de sarmaya başladı. Zayıfladım, rahat uyuyamıyordum, uyanırken kurşun gibi gözkapaklarımı açmak için her seferinde özel bir çaba göstermem gerekiyordu; bazen kendimi o kadar güçsüz hissediyordum ki, elime aldığım su bardağını zar zor dudaklarıma götürüyordum, ellerim öylesine titriyordu; ama oyun başlar başlamaz, delice bir güç sarıyordu beni: Ellerimi yumruk yapıp bir aşağı bir yukarı koşturuyordum, boğuk ve kötü bir sesle kendi kendime, 'Şah!' ya da, 'Mat!' diye bağırışımı sanki bir sis perdesinin arkasından duyuyordum bazen.

Bu korkunç, anlatılmaz durumun nasıl patlak verdiğini ben bile bilmiyorum. Tek bildiğim, bir sabah uyandım ve bu, öncekilerden farklı bir uyanmaydı. Bedenim sanki benden ayrılmıştı, gevşek ve rahat yatıyordum. Aylardır tatmadığım yoğun, tatlı bir yorgunluk çökmüştü gözkapaklarıma; öyle sıcak ve hoş bir duyguydu ki bu, gözlerimi açıp açmamaya ilk başta karar veremedim. Dakikalarca uyanık yattım ve üzerimdeki bu ağırlığın, zevkten uyuşmuş duyularla tembel tembel yatmanın tadını çıkardım. Bir an arkamda sesler duydum sandım, bir şeyler söyleyen insan sesleri, ne kadar sevindiğimi bilemezsiniz, çünkü aylardır, yaklaşık bir yıldır sorgu hâkimlerinin sert, keskin ve kötü sözlerinden başka bir şey duymamıştım. 'Düş görüyorsun,' dedim kendi kendime. 'Düş görüyorsun! Sakın gözlerini açma! Bırak bu düş devam etsin, yoksa çevrende yine o lanet hücreyi, sandalyeyi, leğeni, masayı ve o hep aynı desenli duvar kâğıdını görürsün. Düş görüyorsun, görmeye devam et!'

Ama merak ağır bastı. Yavaşça ve dikkatle gözlerimi açtım. Ve mucize: Başka bir odadaydım, otel hücremden daha geniş, daha ferah bir odada. Parmaklığı olmayan bir pencereden içeriye özgürce ışık giriyordu ve donuk yüzlü yangın duvarımın yerine ağaçlar, rüzgârda salınan yeşil ağaçlar görünüyordu; beyaz ve pürüzsüz duvarlar parlıyordu, üstümde beyaz ve yüksek bir tavan vardı; gerçekti bunlar, yeni, yabancı bir yatakta yatıyordum, düş değildi bu, arkamda insanlar alçak sesle fısıldıyordu. Şaşkınlıkla elimde olmadan ani bir devinim yapmış olmalıyım, çünkü arkamdan yaklaşan adımları duydum. Bir kadın usulca yanıma sokuldu, başında beyaz başlık olan bir kadın, bir hemşire. Çok heyecanlandım: Bir yıldan beri kadın yüzü görmemiştim. Bu hoş görüntüye baktım; yabanıl, kendinden geçmiş bir bakış olsa gerekti bu, çünkü kadın, 'Sakin olun! Sakin olun!' diye yatıştırmaya çalıştı beni. Ama ben yalnızca sesine kulak kabarttım; bu konuşan, bir insan değil miydi? Yeryüzünde beni sorgulamayan, bana işkence yapmayan bir insan var mıydı gerçekten? Üstelik –akıl almaz bir mucize!– yumuşak, sıcak, neredeyse sevecen bir kadın sesi. Aç gözlerle ağzına bakıyordum, çünkü sanki cehennemde geçen bu bir yıl içinde, bir insanın başka biriyle iyilikle konuşabileceğine inanmaz olmuştum. Bana gülümsedi –evet, gülümsedi, demek iyilikle gülümseyebilen insanlar vardı hâlâ–, sonra uyarır gibi parmağını dudaklarına götürdü ve usulca uzaklaştı. Ama buyruğuna uymadım. Bu mucizeye daha doymamıştım. Onun arkasından bakmak, iyilikçi olan bu mucizevi insanın arkasından bakmak için, yatakta zorla doğrulmaya çalıştım. Ama yatağın kenarına dayanmayı başaramadım. Normalde sağ elimin, parmaklarımın ve bileğimin olduğu yerde yabancı bir şey hissettim; kalın, büyük, beyaz bir kabartı, belli ki geniş bir sargı. Elimdeki bu beyaz, kalın, yabancı şeyin ne olduğunu anlamayarak şaşırdım önce, sonra nerede olduğumu yavaş yavaş kavramaya ve başıma ne gelmiş olabileceğini düşünmeye başladım. Birisi beni yaralamış olmalıydı ya da kendi kendime elimi yaralamıştım. Bir hastanedeydim.

Öğlen doktor geldi, sevimli, yaşlıca bir beydi. Ailemin adını biliyordu ve imparatorun özel doktoru olan amcamı öyle saygıyla andı ki, hakkımda iyi şeyler düşündüğü duygusuna kapıldım hemen. Arkasından bana akla gelebilecek her türlü soruyu sordu, özellikle bir tanesi beni çok şaşırttı: Matematikçi mi, yoksa kimyacı mıymışım. Her ikisi de olmadığımı söyledim.

'Tuhaf,' diye mırıldandı. 'Ateşiniz varken hep c3, c4 gibi tuhaf formüller sayıkladınız. Hiçbirimiz ne olduklarını anlayamadık.'

Bana ne olduğunu sordum. Tuhaf bir gülümseme yayıldı yüzüne.

'Ciddi bir şey değil. Bir sinir krizi,' dedi ve dikkatle çevresine bakındıktan sonra, alçak sesle ekledi: 'Haksız sayılmazsınız. 13 Mart'tan beri, değil mi?'

Başımı salladım.

'Bu yöntemde şaşılacak bir şey değil,' diye mırıldandı. 'Siz ilk değilsiniz. Ama kaygılanmayın.'

Yatıştırıcı bir sesle bana bunu fısıldamasından ve yumuşak bakışlarından, onun yanında güvende olduğumu anladım.

İki gün sonra iyi yürekli doktor oldukça içten bir tavırla olanları anlattı bana. Gardiyan hücremde avaz avaz bağırdığımı duymuş ve birinin içeri girdiğini, benim de onunla kavga ettiğimi sanmış önce. Ama kapıya geldiği anda üzerine saldırmışım ve, 'Oyna artık alçak, korkak!' gibisinden sözler haykırmışım ona, gırtlağına sarılmışım ve öyle çılgınca sıkmışım ki, yardım çağırmak zorunda kalmış. Böyle kudurmuş gibiyken beni sürükleyerek doktora götürdükleri sırada, birden ellerinden kurtulmuşum, koridordaki pencereye saldırıp camı kırmışım ve elimi kesmişim, şuradaki derin yara izini görüyorsunuz. Hastanedeki ilk gecelerimi bir çeşit beyin ateşinin etkisi altında geçirmişim, ama şimdi bilincimin tamamen açıldığını düşünüyormuş. 'Elbette,' diye alçak sesle ekledi, 'bunu efendilere bildirmeyeceğim, yoksa sizi eninde sonunda yine oraya götürürler. Bana güvenin, elimden geleni yapacağım.'

Bu yardımsever doktorun bana işkence yapanlara

benimle ilgili ne anlattığını bilmiyorum. Her ne olursa olsun, ulaşmak istediği şeye ulaştı: Serbest bırakıldım. Kafamın iyi çalışmadığını söylemiş olabilirdi ya da belki de bu arada Gestapo için önemsiz olmuştum, çünkü Hitler o süre içinde Böhmen'i ele geçirmişti ve böylece Avusturya'nın işgali tamamlanmıştı. Yurdumuzu on dört gün içinde terk edeceğime ilişkin belgeyi imzalamam gerekiyordu yalnızca ve bu on dört gün binlerce formaliteyle dolu geçti, günümüzde eski bir dünya yurttaşının yurtdışına çıkarken uğraşması gereken formaliteler gibi –askerlik belgeleri, polis, vergi, pasaport, vize, sağlık karnesi–, geçmiş hakkında fazla kafa yoracak zamanım olmadı. Besbelli ruhumuz için yorucu ve tehlikeli olabilecek şeyleri kendiliğinden yok eden gizemli güçler var beynimizde, çünkü ne zaman geriye dönüp hücre günlerimi düşünmek istesem, sanki beynimde ışık sönüyordu; bana neler olduğunu düşünme yürekliliğini ancak haftalar sonra, işte tam burada, gemide buldum.

Dostlarınıza neden öyle yakışıksız ve büyük olasılıkla anlaşılmaz davrandığımı şimdi anlayacaksınız. Dostlarınızı satranç tahtasının başında otururken gördüğümde, sigara salonunda tümüyle tesadüfen geziniyordum; elimde olmadan şaşkınlıktan ve korkudan çakıldım kaldım. Çünkü insanın gerçek bir satranç tahtasında, gerçek taşlarla satranç oynayabileceğini tümüyle unutmuştum, bu oyunda iki tane tümüyle farklı insanın capcanlı birbirlerinin karşısında oturduğunu unutmuştum. Bu oyuncuların orada oynadıkları şeyin, çaresizlik içinde aylarca kendime karşı oynamaya çalıştığım oyunun aynısı olduğunu anlamam için gerçekten de birkaç dakika geçmesi gerekti. O korkunç alıştırmalar sırasında başvurduğum şifreler, bu kemikten yapılmış taşların yerini tutan simgelerdi yalnızca; taşları tahtanın üzerinde oynatmanın imgelemimde yaptığım şeyin aynısı olduğunu anladığımda yaşadığım şaşkınlık, karmaşık yöntemlerle kâğıt üzerinde yeni bir gezegenin yerini hesaplayan ve sonra onu gerçekten gökyüzünde beyaz, parlak, maddesel bir yıldız olarak gören bir gökbilimcinin yaşadığı şaşkınlığa benziyordu belki de. Mıknatısa kapılmış gibi tahtaya bakıyor ve orada diyagramlarımı görüyordum, at, kale, şah, vezir ve piyonlar tahtadan yontulmuş, gerçek taşlardı; oyunun konumunu anlamak için, onları elimde olmadan soyut şifreler dünyamdan hareketli taşlar dünyasına uyarlamam gerekti önce. İki rakip arasındaki böyle gerçek bir oyunu izleme isteği sardı içimi yavaş yavaş. Ve o utanç verici şey oldu, bütün kibarlığımı bir yana bırakarak oyununuza karıştım. Ama dostunuzun o yanlış hamlesi yüreğime bir ok gibi saplandı. Onu engellemem içgüdüsel bir davranıştı, insanın parmaklıktan sarkan bir çocuğu hiç düşünmeden tutması gibi. İşinize burnumu sokarak ne kadar yakışıksız davrandığımın ancak sonradan farkına vardım."

Bu rastlantıyla tanışmış olmamıza ne kadar sevindiğimize onu inandırmaya çalıştım ve bana güvenip de anlattığı bunca şeyden sonra, yarın hazırlıksız yapılacak turnuvada onu izlemenin benim için iki kat ilginç olacağını söyledim. Dr. B. huzursuzca kıpırdandı.

"Hayır, gerçekten fazla bir şey beklemeyin. Benim için yalnızca bir deneme olmalı bu... Normal bir satranç oyunu; gerçek bir satranç tahtası üzerinde, elle tutulur taşlar ve canlı bir rakiple bir satranç oyunu oynamayı becerip beceremeyeceğimi deneyeceğim, çünkü oynadığım o yüzlerce, belki de binlerce oyun gerçekten satranç oyunları mıydı, yoksa yalnızca bir çeşit düş satrancı mı, bir türlü emin olamıyorum. Bir satranç ustasına, hem de dünyanın bir numarası olan bir ustaya kafa tutabileceğimi iddia etmemi ciddi ciddi beklemiyorsunuz umarım. Beni ilgilendiren ve kafamı kurcalayan tek şey, o zaman hücrede yaşadığım satranç oyunu muydu yoksa delilik mi, o tehlikeli kayalığın hemen önünde miydim yoksa çoktan ötesine geçmiş miydim, bunları açığa çıkarmak için duyduğum gecikmiş merak, yalnızca bu, yalnızca bu."

O anda geminin kıç tarafından, akşam yemeğini haber veren gong duyuldu. Neredeyse iki saat laflamış olmalıydık; Dr. B. her şeyi burada özetlediğimden çok daha ayrıntılı anlatmıştı bana. Ona candan teşekkür ettim ve yanından ayrıldım. Ama daha güvertenin öbür ucuna varmamıştım ki, arkamdan geldi ve gözle görülür bir sinirle, hatta biraz da kekeleyerek ekledi:

"Bir şey daha! Beylere önceden bildirin ki, sonra terbiyesizlik ediyor gibi görünmeyeyim; yalnızca tek bir oyun oynarım... eski bir hesabın altına konan bitiş çizgisinden başka bir şey olmayacak bu, kesin bir bitiriş; yeni bir başlangıç değil... Geriye dönüp baktığımda yalnızca dehşetle anımsadığım bu tutkulu, ateşli oyuna ikinci kez kapılmak istemiyorum... üstelik... üstelik o zaman doktor da uyardı beni... kesin bir dille uyardı. Ruhsal bir hastalık geçiren herkes hep tehlike altındadır, hele satranç zehirlenmesi geçirdiyse –tümüyle iyileşmiş de olsa– satranç tahtasına yaklaşmaması iyi olur... Anlayacağınız, yalnızca kendim için bir deneme oyunu oynayacağım, o kadar."

Ertesi sabah tam kararlaştırılan saatte, üçte sigara salonunda toplanmıştık. Saray oyununun iki seveni daha katılmıştı aramıza, turnuvayı izleyebilmek için güvertedeki görevlerinden izin alan iki gemi subayı. Czentovic de önceki günkü gibi bekletmedi, zorunlu renk seçiminden sonra bu anlaşılması güç insanın ünlü dünya şampiyonu karşısındaki unutulmaz oyunu başladı. Yalnızca bizim gibi tümüyle yetersiz izleyicilerin karşısında oynandığına ve müzik dünyasının Beethoven'ın piyano doğaçlamalarından yoksun kalması gibi, satranç yıllıklarının da bu oyundan yoksun kaldığına üzülüyorum.

Gerçi bunu izleyen öğleden sonraları hep birlikte oyunu belleğimizden çıkarıp yeniden oluşturmaya çalıştık, ama boşuna; büyük olasılıkla hepimiz oyun sırasında oyunu izlemek yerine oyunculardan gözümüzü alamamıştık. Çünkü her iki rakibin yaradılışlarındaki tinsel karşıtlık, oyun ilerledikçe giderek daha somut olarak ortaya çıktı. İşin ustası Czentovic bütün oyun boyunca bir kaya gibi kıpırdamadan durdu, donuk gözlerini satranç tahtasından ayırmadı; onun için düşünmek, bütün organlarının en yüksek düzeyde çalışmasını gerektiren fiziksel bir zorlanmaydı sanki. Buna karşın Dr. B.'nin devinimleri son derece rahat ve kayıtsızdı. Sözcüğün tam anlamıyla bir amatör olarak yalnızca oyunun keyfini çıkarırken kendini hiç sıkmıyordu, ilk verilen aralarda bize açıklamalar yaptı; sakin sakin bir sigara yakıyor ve sıra ona geldiğinde, bir dakika dosdoğru tahtaya bakıyordu. Her seferinde rakibinin hamlesini önceden bekliyor gibiydi.

Zorunlu açılış hamleleri oldukça hızlı geçti. Ancak yedinci ya da sekizinci hamlede belirli bir plan gelişmeye başlar gibi oldu. Czentovic düşünme sürelerini uzattı; oyunu almak için asıl savaşın daha yeni başladığını hissettik bunu görünce. Ama doğrusunu söylemek gerekirse, her gerçek turnuva oyununda olduğu gibi durumun yavaş yavaş gelişmesi biz acemileri epey hayal kırıklığına uğrattı. Çünkü taşlar iç içe girip tuhaf bir desen oluşturdukça, oyunun durumu bizim için giderek içinden çıkılmaz oluyordu. Ne bir rakibin ne de ötekinin amaçladığı şeyi ve hangisinin avantajlı olduğunu anlayabiliyorduk. Düşman saldırısını savuşturmak için taşların bir oraya bir buraya gidip geldiğini ayrımsıyorduk yalnızca, ama –bu üstün oyuncular her devinimi birkaç hamle ilerisini hesaplayarak yaptıkları için– bu gidiş gelişteki stratejik amacı kavrayamıyorduk. Temelde Czentovic'in sonu gelmeyen düşünme sürelerinin yol açtığı ağır bir yorgunluk da eklendi buna yavaş yavaş; dostumuzu da gözle görülür biçimde sinirlendirmeye başladı Czentovic'in böyle yapması. Oyun uzadıkça Dr. B.'nin giderek daha huzursuzca koltuğunda kıpırdanışını kaygıyla izledim, bazen sinirden art arda sigara yakıyordu, bazen de bazı notlar almak için kurşunkaleme uzanıyordu. Sonra yine bir soda ısmarladı ve bardakları birbiri ardına yuvarladı; değişik bileşimler düşünmede Czentovic'ten yüz kat daha hızlı olduğu belliydi. Her seferinde Czentovic sonu gelmez bir düşünmeden sonra karar verip ağır eliyle bir taşı ileri sürdüğünde, dostumuz uzun zamandır beklediği bir şeyin olduğunu gören biri gibi gülümseyip hemen karşılık veriyordu. Hızlı çalışan zekâsıyla rakibinin bütün olasılıklarını kafasında önceden hesaplamış olsa gerekti; bu nedenle Czentovic'in karar vermesi uzadıkça, Dr. B.'nin sabırsızlığı artıyordu ve beklerken dudaklarının çevresinde sinirli ve neredeyse düşmanca bir çizgi beliriyordu. Ama Czentovic kesinlikle elini çabuk tutmuyordu. İnatla ve sessizce düşünüyor ve tahta taşlardan temizlendikçe daha uzun düşünme arası veriyordu. Kırk ikinci hamlede, tam bir buçuk saat sonra, hepimiz turnuva masasının çevresinde bezgin ve neredeyse ilgisiz oturuyorduk. Gemi subaylarından biri çoktan gitmişti, başka birisi eline bir kitap almış, yalnızca bir taş yer değiştirirken bir an için başını kaldırıp bakıyordu. Derken Czentovic'in bir hamlesi sırasında beklenmedik bir şey oldu. Dr. B., Czentovic'in ata uzandığını görünce, sıçramak üzere olan bir kedi gibi büzüldü. Bütün bedeni titremeye başladı ve Czentovic atı oynar oynamaz, veziri sertçe ileri sürdü, zafer kazanmış gibi, "İşte! Tamamdır!" diye bağırdı, geriye yaslandı, kollarını göğsünün üzerinde kavuşturdu ve meydan okuyan bakışlarını Czentovic'e dikti. Ansızın gözbebeğinde bir ışık parladı.

Zafer kazanmış gibi bildirdiği bu hamleyi anlamak

için, elimizde olmadan tahtanın üzerine eğildik. İlk bakışta doğrudan bir gözdağı görülmüyordu. Demek ki dostumuz bu hamlenin gelişiminden söz ediyordu, biz iyi düşünemeyen acemiler de bunun ne olduğunu kestiremedik. Aramızda o meydan okuma karşısında kılı bile kıpırdamamış tek kişi Czentovic'ti; o kadar kayıtsız oturuyordu ki, sanki o gücendirici "tamamdır" sözünü duymamıştı. Hiçbir şey olmadı. Hamle süresini tutmak için masaya bir saat konmuştu, elimizde olmadan soluğumuzu tuttuğumuz için, bir an saatin tik taklarını duyduk. Üç dakika oldu, yedi dakika, sekiz dakika; Czentovic kıpırdamıyordu, ama içsel bir zorlanma yüzünden kabarık burun delikleri daha da genişlemiş gibi geldi bana. Bu suskun bekleme bize olduğu kadar dostumuza da dayanılmaz gelmişti anlaşılan. Şöyle bir silkinip aniden ayağa kalktı ve sigara salonunda bir aşağı bir yukarı gidip gelmeye başladı, önce ağır ağır, sonra daha hızlı, giderek daha hızlı. Hepimiz onu şaşkın şaşkın izliyorduk, ama ben herkesten daha kaygılıydım, çünkü bu gidiş gelişin bütün şiddetine karşın adımlarının hep aynı düzlemi kat ettiğini ayrımsadım; sanki her seferinde odanın ortasındaki görünmez bir dolaba çarpıyordu, bu da dönmesini gerektiriyordu. Ve bu bilinçsizce gidiş gelişin bir zamanlar hücresinde yaptığı şey olduğunu anladım ürpererek: Tutuklu kaldığı aylar boyunca kafese kapatılmış bir hayvan gibi böyle bir aşağı bir yukarı gidip gelmiş olmalıydı, böyle elleri kenetlenmiş ve omuzları kısılmış; orada binlerce kez işte böyle bir aşağı bir yukarı gidip gelmiş olmalıydı, donuk ama ateşli bakışlarında çılgınlığın kızıl ışıkları yanarak. Ama düşünme yeteneğini daha yitirmemiş gibiydi, çünkü Czentovic'in bu arada karar verip vermediğine bakmak için zaman zaman sabırsızca masaya dönüyordu. Ama dokuz dakika, on dakika oldu. Derken en sonunda hiçbirimizin beklemediği bir şey oldu. Czentovic, o âna dek kıpırdamadan masada duran ağır elini yavaşça kaldırdı. Kararını görmek için hepimiz heyecanla baktık. Ama Czentovic hamle yapmadı, elinin tersiyle kararlı bir biçimde bütün taşları yavaşça tahtadan itti. Neden sonra anladık: Czentovic oyundan çekilmişti. Gözümüzün önünde mat olmamak için teslim olmuştu. Olanaksız olan gerçekleşmişti, dünya şampiyonu, sayısız turnuvanın birincisi, yirmi-yirmi beş yıldır satranç tahtasına elini sürmemiş, tanınmamış bir adamın karşısında havlu atmıştı. Adı sanı duyulmamış, kim olduğu bilinmeyen dostumuz yeryüzünün en güçlü satranç oyuncusunu herkesin ortasında yenmişti!

O heyecanla farkında olmadan art arda ayağa kalkmışız. Sevincimizdeki ürkek havayı dağıtmak için bir şeyler söylememiz ya da yapmamız gerektiğini hissediyorduk hepimiz. Kıpırdamadan sakin sakin oturan tek kişi Czentovic'ti. Ancak uzunca bir suskunluktan sonra başını kaldırdı ve dostumuzu taş gibi sert bakışlarla süzdü.

"Bir oyun daha?" diye sordu.

"Elbette," diye yanıtladı Dr. B. hoşuma gitmeyen bir heyecanla ve bir oyunla yetinmesi konusunda onu uyarmama fırsat bırakmadan hemen yerine oturdu ve ateşli bir aceleyle taşları yeniden dizmeye başladı. Öyle heyecanla yerleştiriyordu ki onları, iki kez piyonlardan biri titreyen parmaklarının arasından kayıp yere düştü; doğal olmayan heyecanı karşısında duyduğum sıkıntı bir çeşit korkuya dönüştü. Çünkü önceleri o kadar sessiz ve sakin olan adamın üzerine gözle görülür biçimde aşırı bir heyecan gelmişti; ağzının kenarı giderek daha sık seğiriyordu ve bedeni nöbet geçiriyor gibi titriyordu.

"Sakın!" diye usulca fısıldadım ona. "Sakın ha! Bugünlük bu kadar yeter! Kendinizi fazla zorlamayın."

"Zorlamak mı! Ha!" diye kahkahalarla ve kötü kötü güldü. "Böyle tembellik yapacağıma, on yedi oyun oynayabilirdim bu arada! Bu tempoda ancak uyuyakalmamak için zorlanırım! Evet! Başlayın artık!"

Son sözleri kızgın, neredeyse kaba bir ses tonuyla söylemişti Czentovic'e. O ise Dr. B.'ye hiç istifini bozmadan baktı, ama taş gibi sert bakışları sıkılmış bir yumruk gibiydi. Bir anda iki oyuncu arasında yeni bir şey oluştu; tehlikeli bir gerilim, tutkulu bir nefret. Yeteneklerini oyunlarıyla birbirleri üzerinde denemek isteyen iki rakip değillerdi artık, birbirlerini yok etmeye yeminli iki düşmandılar. Czentovic ilk hamleyi yapmadan önce uzun süre duraksadı, ben de bilerek bu kadar uzun süre duraksadığı duygusuna kapıldım. Belli ki bu eğitimli taktik oyuncusu, yavaş oynayarak rakibini yoracağını ve sinirlendireceğini çoktan öğrenmişti. Böylece bütün açılışların en normalini, en basitini yapmadan önce en az dört dakika zaman geçirdi, yaptığı da piyonu alışıldığı gibi iki kare öne sürmekti. Dostumuz hemen piyonunu onun karşısına dikti, ama Czentovic yine sonu gelmez, dayanması zor bir ara verdi; şiddetli bir şimşeğin çakması ve insanın yüreği küt küt atarak yıldırımı beklemesi gibiydi, ama yıldırım bir türlü düşmek bilmiyordu. Czentovic kıpırdamıyordu. Sessizce, ağır ağır düşünüyordu, bunu sinsice yaptığından giderek daha çok emin oluyordum; ama böyle yaparak Dr. B.'yi gözleyebilmem için bana bol bol zaman vermiş oluyordu. Dr. B. üçüncü bardak suyu mideye indirmişti bile; bana hücredeki ateşli susuzluğundan söz edişini anımsadım ister istemez. Normal olmayan bir heyecanın bütün belirtileri belirgin bir biçimde ortaya çıkıyordu; alnının terlediğini ve elindeki yara izinin kızarıp derinleştiğini gördüm. Ama hâlâ kendini kaybetmemişti. Ancak dördüncü hamlede Czentovic yine sonu gelmez bir düşünme arası verince, sabrı taştı ve birden ona çıkıştı:

"Eee, oynayın artık!"

Czentovic soğuk soğuk baktı. "Bildiğim kadarıyla

hamle süresinin on dakika olmasını kararlaştırdık. İlke olarak daha kısa sürede oynamam."

Dr. B. dudağını ısırdı; masanın altında ayağının giderek daha sıkıntıyla yere vurduğunu ayrımsadım ve saçma bir şey yapacağı duygusuna kapılarak daha da kaygılandım. Gerçekten de sekizinci hamlede yeni bir olay oldu. Beklerken kendini yavaş yavaş kaybeden Dr. B., yaşadığı gerilimi daha fazla gizleyemedi; ileri geri sallanmaya ve parmaklarını bilinçsizce masaya vurmaya başladı. Czentovic ağır, köylü kafasını bir daha kaldırdı.

"Masaya vurmamanızı rica edebilir miyim? Beni rahatsız ediyor. Böyle oynayamam."

"Ha!" diye kısaca güldü Dr. B. "Belli oluyor."

Czentovic'in alnı kızardı. "Ne demek istiyorsunuz?" diye sertçe sordu.

Dr. B.'den kısa ve sinsi bir gülüş daha geldi. "Hiçbir şey. Belli ki çok sinirlisiniz demek istiyorum."

Czentovic sustu ve başını yere eğdi.

Bir sonraki hamlesini ancak yedi dakika sonra yaptı ve oyun bu ölü gibi tempoda sürüp gitti. Czentovic sanki giderek daha da taşlaşıyordu; en sonunda bir hamleye karar vermeden önce, hep düşünme süresinin sonunu bekler oldu ve bir aradan ötekine geçtikçe dostumuzun davranışları daha da tuhaflaştı. Oyuna hiç katılmıyormuş da, bambaşka bir şeyle ilgileniyormuş gibi görünüyordu. Heyecanla bir aşağı bir yukarı koşturmayı bıraktı ve kıpırdamadan yerinde oturmaya başladı. Sabit ve neredeyse delice bakışlarını önündeki boşluğa dikip kendi kendine durmaksızın anlaşılmaz sözcükler mırıldanıyordu; ya sonu gelmez bileşimler kurarken kendini kaybediyordu ya da –en çok bundan kuşkulanıyordum– bambaşka oyunlar geçiriyordu kafasından, çünkü her seferinde, Czentovic en sonunda hamlesini yaptığında, aklı başka yerlerde olan Dr. B.'yi uyarmak gerekiyordu. O zaman da duruma uyum sağlamak için bir dakika yetiyordu ona; aslında deliliğin bu soğuk biçimine bürünmüşken Czentovic'i ve hepimizi unuttuğu kuşkusuna giderek daha çok kapılıyordum; ve bu çılgınlık aniden şiddetle boşalabilirdi. Gerçekten de on dokuzuncu hamlede kriz patlak verdi. Czentovic taşını oynatır oynatmaz, Dr. B. tahtaya doğru düzgün bakmadan, aniden filini üç kare öne sürdü ve öyle yüksek sesle bağırdı ki, hepimiz yerimizden sıçradık:

"Şah! Şah mat!"

Özel bir hamle beklentisiyle hemen tahtaya baktık. Ama bir dakika sonra, hiçbirimizin beklemediği bir şey oldu. Czentovic başını çok yavaşça kaldırdı ve bakışlarını üzerimizde gezdirdi, daha önce hiç yapmamıştı bunu. Bir şeyin doya doya tadını çıkarıyor gibiydi, çünkü dudaklarında yavaş yavaş hoşnut ve kibirli bir gülümseme belirdi. Bizim daha anlayamadığımız bu zaferinin tadını sonuna kadar çıkardıktan sonra, yapay bir kibarlıkla bize döndü.

"Üzgünüm, ama ben şah mat görmüyorum. Acaba beylerden biri şah mat görüyor mu?"

Tahtaya ve sonra sıkıntıyla Dr. B.'ye baktık. Gerçekten de Czentovic'in şahının önü –bir çocuk bile bunu görebilirdi– filin karşısındaki bir piyonla tümüyle tıkanmıştı, yani şah mat söz konusu olamazdı. Kaygılandık. Dostumuz o heyecan içinde bir taşı bir kare fazla ileri ya da geri mi kaydırmıştı? Suskunluğumuz Dr. B.'nin dikkatini çekti, o da tahtaya baktı ve telaşla kekelemeye başladı:

"Ama şah f7'de olmalı... durduğu yer yanlış, çok yanlış. Yanlış oynadınız! Bu tahtada her şey çok yanlış duruyor... Piyon da g5'te olmalı, g4'te değil... Bu bambaşka bir oyun... Bu..."

Birden durdu. Sertçe kolunu tutmuştum, daha doğrusu kolunu öyle sert çimdiklemiştim ki, o ateşli çılgınlığı içinde bile bunu hissetti. Döndü ve uykusunda yürüyen biri gibi baktı bana.

"Ne... istiyorsunuz?"

Yalnızca, "Anımsa!" dedim ve aynı anda parmağını tutup elindeki yara izine dokundurdum. Karşı koymadan bana uydu, cam gibi gözleri kan kırmızısı ize takılıp kaldı. Sonra aniden titremeye başladı ve bütün bedeni sarsıldı.

"Aman Tanrım," diye fısıldadı solgun dudaklarıyla. "Saçma bir şey söyledim ya da yaptım mı... sonunda yine mi şey oldum?.."

"Hayır," diye fısıldadım usulca. "Ama oyunu hemen bırakmalısınız, tam zamanı. Doktorun size ne söylediğini anımsayın!"

Dr. B. silkinip ayağa kalktı. "Düştüğüm aptalca yanılgı için özür dilerim," dedi o eski kibar sesiyle ve Czentovic'in önünde eğildi. "Söylediğim şey tam bir saçmalık elbette. Oyun tabii ki sizin." Sonra bize döndü. "Beylerden de özür dilemem gerek. Ama benden fazla bir şey beklememeniz konusunda sizi daha baştan uyarmıştım. Bu rezalet için özür dilerim, bu son satranç oyunum olacak."

Eğildi ve onu ilk gördüğümüz zamanki alçakgönüllü ve gizemli haliyle uzaklaştı. Bu adamın satranç tahtasına neden bir daha asla elini sürmeyeceğini yalnızca ben biliyordum, bu arada ötekiler rahatsız edici ve tehlikeli bir şeyle burun buruna gelmenin verdiği belirsizlik duygusuyla şaşkın bakakaldılar. "Lanet olasıca herif!" diye homurdandı McConnor hayal kırıklığıyla. Koltuğundan en son Czentovic kalktı ve yarılanmış oyuna bir daha baktı.

"Yazık," dedi ukalaca. "Hamle o kadar da kötü düşünülmemişti. Aslında amatör olduğu düşünülürse, olağanüstü yetenekli bu bey."